与山对坐

YU SHAN DUI ZUO

阿洛夫基 / 著

成都时代出版社
CHENGDU TIMES PRESS

图书在版编目（CIP）数据

与山对坐 / 阿洛夫基著. -- 成都：成都时代出版社，2024.3
ISBN 978-7-5464-3436-0

Ⅰ. ①与… Ⅱ. ①阿… Ⅲ. ①诗集－中国－当代 Ⅳ. ①I227

中国国家版本馆CIP数据核字（2024）第048697号

与山对坐
YU SHAN DUIZUO

阿洛夫基　著
···

出　品　人　达　海
责 任 编 辑　李卫平
责 任 校 对　张　巧
责 任 印 制　黄　鑫　陈淑雨

出 版 发 行　成都时代出版社
电　　　话　（028）86742352（编辑部）
　　　　　　（028）86615250（发行部）
印　　　刷　成都市兴雅致印务有限责任公司
规　　　格　130mm×205mm
印　　　张　5.75
字　　　数　100千
版　　　次　2024年3月第1版
印　　　次　2024年3月第1次印刷
书　　　号　ISBN 978-7-5464-3436-0
定　　　价　68.00元

目　录

山情 ------------------------------------1

风一吹 ----------------------------------2

母亲 ------------------------------------3

送葬的路上 ------------------------------4

鼓声 ------------------------------------5

与一只羊对视 ----------------------------6

发现 ------------------------------------7

爬山记 ----------------------------------8

凉山月 ----------------------------------9

故乡河 ----------------------------------10

在凉山 ----------------------------------11

亲人 ------------------------------------12

草的倾诉 --------------------------------13

向爱低头 --------------------------------15

月亮山 ----------------------------------16

初春 ------------------------------------17

母亲的愧疚 ------------------------------18

吉多凶少 --------------------------------19

I

吉姆大哥 ------------------------------------20

谎言 --------------------------------------21

春天里 ------------------------------------22

清晨素描 ----------------------------------23

暮春 --------------------------------------24

但我更爱春雨 ------------------------------25

阿妈与荞麦 --------------------------------26

颂歌 --------------------------------------27

我要说的马边河 ----------------------------28

那时候，这时候 ----------------------------29

对故乡或幸福的点滴描述 --------------------30

阿苏毕摩如是说 ----------------------------31

半路上 ------------------------------------32

在甘平乃托 --------------------------------33

乌嘎一家 ----------------------------------35

秘诀 --------------------------------------36

阿波波 ------------------------------------37

珍珠 --------------------------------------38

郊外小记 ----------------------------------39

回家的人 ----------------------------------40

次日清晨 ----------------------------------41

三丈之外 ----------------------------------42

月亮 --------------------------------------43

承认 --------------------------------------44

那一夜 ------------------------------------45

燕子 --------------------------------------46

我的马 ------------------------------------47

死亡演练-----------------------------------48

这一天-------------------------------------49

赶路---------------------------------------51

飘---52

在一起-------------------------------------53

阿依佳佳回来了-----------------------------54

影子---------------------------------------55

在广州，遇见阿克拉铁-----------------------56

嗨，朋友-----------------------------------58

牧羊女-------------------------------------60

仗势欺人-----------------------------------61

羊的眼睛-----------------------------------62

输与赢-------------------------------------63

留言---------------------------------------64

一起走过的地方-----------------------------65

我和鸟芝嫫的轻描淡写-----------------------66

下午纪事-----------------------------------68

跳跃---------------------------------------69

翻过这座山---------------------------------70

与山对坐-----------------------------------71

相框---------------------------------------72

感恩---------------------------------------73

随我到佳支依达-----------------------------74

回乡记-------------------------------------75

故乡---------------------------------------76

爱的指尖-----------------------------------77

冬天里-------------------------------------78

一个少年的忧虑 ------------------------79

小城故事 ------------------------80

走来或走去 ------------------------81

其实我还想刨根问底 ------------------------82

歌谣 ------------------------83

索玛花开 ------------------------84

深秋 ------------------------85

坏心眼 ------------------------86

平行 ------------------------87

毕摩辞 ------------------------88

回家 ------------------------89

联手 ------------------------90

山中笔记 ------------------------91

白云之下 ------------------------92

记农历十月的一天 ------------------------93

送亲 ------------------------94

旧日志 ------------------------95

观天记 ------------------------96

莫获拉达以西 ------------------------97

一场雨的深情婉转 ------------------------98

真相 ------------------------99

逃 ------------------------100

一天到晚 ------------------------101

那是你，那是我 ------------------------102

乡魂在上 ------------------------106

艺海碎语（代后记）------------------------157

山情

父辈们代代守着
一座座的山
他们死了
这山就归了我

他们死后，火葬在山梁上
尸骨铺高或壮大山体
魂魄化作草木和森林
山成了我名副其实的故乡
风来了，我喊一声爹
你要穿好衣
雨来了，我喊一声娘
你要盖好被

再后来
我把山扎叠成行囊
爬坡涉水，穿街走巷
山哪，我背不动你
山哪，我会背着你

风一吹

风一吹
风就成了自己
轻轻一扭腰
路边的草们
开始慌张起来
一下午不停地哆嗦
不远处，几株荞麦秆
不顾一切地抱紧对方
一松手，从此便是天涯
只有眼前的石头
不动声色
一如昨天或前天

母亲

母亲做的荞馍
圆圆的、黄黄的
馍上有她粗糙的指纹
我常把它捧在手心
细细打量
生怕咬痛母亲的手

母亲唱的乡谣
暖暖的、甜甜的
像春雨，滴滴答答
一直飘落在童年的天空
我不知道她为什么
边唱边含着泪微笑
一唱，春天就近了
再唱，时光就远了

我啃着荞馍走过昨天
在远方一回头
母亲就成了山岗上小小的坟茔
那是世上最美的角落
让人牵挂，令人担忧

3

送葬的路上

谁也说不清这种心情
只有毕摩①喃喃地念着
"大雁飞过了头顶
一个人没有了影子"
但不要太想念他
心会变成九座山
山垒山高，挡住归去的路
泪会变成七条河
水涨潮涌，淹没归去的路
"白云越过了山岗
一个人走回了昨天"
但不要太牵挂他
活着就是把自己的亲人
放心地埋掉
而我们火葬的是他的噩梦和过失
他不会离开，只是隐了身

---

①毕摩，彝语，是彝族的宗教祭司，在传说中，是天
地间的使者，产生于原始社会的母系时期。

鼓声

羊皮鼓上
神灵的足迹隐约可见
超度的经声弥漫在风中
苏尼①能否借着月光和吟唱
把流浪的魂魄送到天边

鼓点飞溅的音符
飘落在虔诚的脸上，生动而缥缈
飘落在圣洁的心上，柔软而慈悲
后半夜，鼓手完全疯狂
不停击碎孤独和魔影

鼓声淹没了忧伤
鼓声淹没了时间
鼓声淹没了距离
鼓声淹没了鼓声

---

①苏尼，彝语，是彝族的巫师，有苏涅、苏臬、苏业
　等音译。

与一只羊对视

它用嘴舔舔我的汗渍
我用手摸摸它的额头
看哪，看哪
我看它眼里是否还有远山的影子
它闻我身上是否还有故乡的味道
看哪，看哪
看成了一对孪生姐妹
我是姐，它是妹
看哪，看哪
看到了下一个轮回
它成了我，我成了它

发现

我死后
火葬师和天神会发现
这个人的心
没有在身体里

嘘！
一半藏在
另一个人的心间
一半藏在
故乡的山岗上

爬山记

爬啊，左弯右拐
向上的路上，忘了看风景

站在山顶向云挥挥手
风声：啊啧啧，多么伟岸

事到如今
上山难
下山更难

凉山月

毋庸置疑，月亮是从凉山升起来的
月亮上飘落着似是而非的牧歌

看到了吗？月光从门缝里挤进来，晾在阿妈的
　　左耳环上
看到了吗？月光下玩扑克的人，对面老人的那
　　手牌可能更好
看到了吗？月光下读诗的人们，读到《阿依阿
　　芝》时眼里闪着泪光
看到了吗？月光下思念阿哥的姑娘，她的目光
　　剐破了月亮的脸庞
看到了吗？披着月光走过来的孩子，目光清澈。我
　　想，阿普沃萨神①也欢喜

哦，阿嘎姑娘、阿娜姑娘、阿喜姑娘、阿芝
　　姑娘
你们的耳饰、手镯、颈牌都是月亮制成的吗？

———————————
①阿普沃萨神，彝族神话中主宰人命运的神。

故乡河

它曾被我追着跑
直到溜进另一座山的背后

而不知什么时辰
它变成彩带，死死勒住我的腰

入秋后，它胆大包天
梦里居然从我体内穿肠而过

在凉山

在凉山
心伤了
钻进阿妈的披毡里
让她裹紧

太阳下山的时候，喝酒吧
是是非非都是一碗酒
在问候或嬉闹间
让魂魄回到自己的身体里
月亮出来的时候，唱歌吧
恩恩怨怨都是一首歌
唱着唱着
你会变成妹妹嘴里的词

在凉山
睡眠总是甜甜的
一觉醒来发现
血管里回响着
金沙江的涛声

亲人

只有在这里
人神共居的小凉山
山是水的亲人
水是云的亲人
云是鹰的亲人
鹰是我的亲人

我死了
它们替我活着

草的倾诉

亲爱的羊
你们的嘴惊动了我的梦
我遍体鳞伤，伤口交错
但我不喊苦，也不喊痛
经过一个冬天的煎熬
不就是让你们吃掉吗
我的肉成为你们嘴里的甜
或胃里的香
谢谢你们成就了我生命的完美

亲爱的羊
我身体里有大地的声音
也有春天的秘密和乳汁
请你们细心聆听和咀嚼
这样，你们和万物连在了一起
现在，你们水足饭饱了吗？
请你们尿在我的头顶
请你们踩响我的骨头
请你们啃净我的身体
这样，经过夜色的浇灌和发酵
明早我的长势会更茂盛

亲爱的羊
夏天很快就过去
我把剩下的肉体放在
秋天的脸庞上
我要缩回大地的身体里去了
等待明年春来
我们能否再相见

向爱低头

冬天上来
冷风就跟上来
不用商量，从今夜起
我睡临窗的那头
直到春暖花开

命运如此奇妙
默默对视改变了时空
我确信，两颗心重叠
那是世上最高的山

来，向爱低头
世界就变了样
从外看，是你的脸
从里看，是你的心

月亮山

年酒洒在火塘上方
嫁衣放入行包里
再陪门前的小河坐一会儿吧

祖父留下的查尔瓦
披着它，成为沉沉的行囊
脱下它，成为淡淡的忧伤

阿爸和三弟走不动了
永远留在了原野上
月亮山，请庇佑他们

初春

随时间而来的野草
慌张、无序、野蛮
拱开石头、土块和微寒
只有远山隐忍、从容
保持从前的风度
羊开始往山上放牧
母亲跟其身后,轻盈的鸟从头顶飞过
她的目光从这只羊移向那只羊
温情而柔软

河对岸
三只燕子过于激动
改变了最初的线路

母亲的愧疚

母亲也有愧疚的时候
比如她睡过了头，鸡鸣三遍才起床
去背水的路上
她有一点点慌乱
她小小声地骂自己

母亲还有愧疚的时候
比如去年火把节，她到镇上去看斗羊
自己的羊翻过了山，其中三只钻进吉克老人的
　菜地
吉克老人说，接受赔礼他就变成了羊
母亲说，这是还不了的债

母亲还有更愧疚的时候
比如现在，她在天上织布
不能下来参加小女儿热热闹闹的出嫁
以及和她的姐妹们边吟唱，边擦泪

吉多凶少

青春的判断和荣耀
一再被时间否定
失去往日光亮的妹妹
疯跑在原野上
企图甩掉自己的影子

蒲公英随风而飘
蒲公英是俊俏、飘逸的姐姐
因我而失学的姐姐
总是笑笑，拍拍我的肩膀
而后望着更远的山头

鹰啊，带上炊烟和怀念
再飞高一些
倘若见到了我的母亲
请用彝语告诉她
小凉山吉多凶少

吉姆大哥

那么
有一天，你死在哪里
就把你葬在哪里吧
你心里住着成千上万的人以及
故乡的山川河流以及
天空的一切
多少人才能抬得动你呢?!

谎言

早春
我们在村口
谈论那只犄角弯曲的羊
和一些早已不在人世的人
几声布谷飘过来

沉默了片刻
沙库阿玛转过身
眼眶潮湿，轻声叹息
又转过身说
是尘埃飞进了眼睛
她轻松地摊摊手

春天里

三月雨甜，三月风柔
远远地，被风吹来的
还有我的女儿
神的影子在她头顶晃动

我的到来，万物欢腾
目光所触，纤尘不染
零星的词在内心纷乱
我和故乡的过节
从此，烟消云散

嗨，乌呷嫫，快捧起手
枝丫间有鸟鸣漏下来

清晨素描

七朵云趴在山间
又试着往上爬
它们是天国的女儿

另一个山头上
早起的布谷鸟，差点
泄露春天的秘密
慌乱间，喊了我的乳名

这一刻，刚露出地面的嫩芽
按辈分，我该是你们的兄长或前辈

暮春

鸟吞着花粉和春的味道
吐出诗句或预言
蝴蝶一踮一踮拉动草甸
又抢走牦牛、绵羊、燕麦的美

虫豸在草丛中重唱
母亲还在庄稼地里
左手擦汗，右手握锄
有一阵子，暮色垂挂在她的睫毛上

但没有人能够告诉我
山上阿芝嫫的微笑为什么纯粹而甘甜？
孩子们为什么齐刷刷地给一只羊让路？
出嫁之夜新娘为什么抱着核桃树哭个不停？
荞麦地边为什么还有死者的身影在徘徊？

但我更爱春雨

我爱踱步在枝头的喜鹊
胆怯、多虑、凄清
阿妈深情地说
丢失多年的女儿回来了

我爱河边的鹅卵石
圆润、隐忍、内心澎湃
抱紧对方，因为爱
有些露出了骨头

我还爱路边摇头晃脑的野花
火焰里似是而非的幻影
月光里沉沉浮浮的神意
以及微风吹拂着微风
以及蝴蝶追随着蝴蝶

但我更爱春雨
有时像女儿梦中的图画
有时像神灵转身的足迹

阿妈与荞麦

荞麦是迷人的
偶尔掉下一粒
阿妈艰难地弯腰拾起
筋骨总是咔嚓响一下
被阿妈捧在手心的荞粒
像金子，也像小女儿的眼睛

黄昏加深山影的衰老
这样的时刻
阿妈习惯摸摸装满苦荞的口袋
她把手缩回看了看
她的手是外婆的手
她是外婆留在大地上的梦和影子

到石姆玛哈①去的路上
阿妈不怕，衣兜里揣着荞粒
天高，你高你的高
路远，你远你的远

---

①石姆玛哈，彝语，指天堂。

颂歌

翻过山的草
更茂盛，更细嫩
羊啊，你要吃个够

含着泪的歌
更撕心，更裂肺
哥啊，你要唱个够

真爱就那么一次
并不甜，却很美
妹啊，你要爱个够

我要说的马边河

我要说的马边河
从外婆的歌谣中流出来
它是男儿的汗
它是女儿的泪
一路道岁月悲喜
一路说人生迷离

我要说的马边河
从妈妈的眼里流出来
日出，它是一首歌
日落，它是一幅画
一路唱吉祥平安
一路画世道平直

我要说的马边河
它有坚硬的骨头以及无法丈量的情愫
它变成了妹妹手中的琴声和眼里的春光
我还反反复复地说马边河
更是因为故乡的女人们
都是这条河的女儿
她们和母亲河一样
一辈子，两辈子
反反复复清洗自己

那时候，这时候

云在云中漫步
水在水中欢唱
那时候，父亲还在

朝霞织成彩裙
鸟声谱成歌谣
那时候，母亲还在

不在乎幸福，只渴望伟大
这时候，我已走得太远
远在千里之外
故乡的歌谣一开口就忘了词

阿普沃萨神哪，我这副德行
是否真的很可笑

对故乡或幸福的点滴描述

时间依然很轻，一跃
翻过了多少个年头
山脚下，人们依然
跳篝火、喊月亮、寻爱情

这片土地上
千万人口，两户人家
不是血亲，就是姻亲
从我出生开始
许多男人成了我父亲
许多女人成了我母亲

抬头看看天空的彩裙
低头摸摸大地的额头
眼前的蕨苔、土豆花、荠菜、车前草
或许就是我的来生
天上的细雨或许是外婆的化身
此刻正飘落在我脸上

阿苏毕摩如是说

"脚步所到的地方是故乡
心里念着的地方是天堂"
万物天地，没有左和右

"一切只是白天和夜晚
一切只是出生和死亡"
红尘万丈，没有大和小

阿苏毕摩还说
时间把我推倒在门槛边
不要慌张，不要哭泣
请摘几片叶子遮住我的脸

半路上

"所有的路,只有起点"
如今在半路上
看见的越来越多
知道的越来越少

再往里走
牵手的人说太累
放手的人说太痛

反复的落寞里
谁的酒杯刚举起
又轻轻放下
这就到了中年的某一天

在甘平乃托

那天，我去甘平乃托
阳光格外温暖、珍贵、可人
跑动的孩子，摇头晃脑的树叶
亲切、透明、生机以及拥有快乐的秘密
葱茏的山林，袅袅的炊烟
歌谣在云上，故事在风中
麦子和麦子里的谚语
滋养着村寨和孩子

那天，迎面走来的毕摩
背上挂着神铃和毕摩帽
面带微笑，默默行路
他那一串目光
正好触在我心头的疤上
神奇的毕摩啊，你能让我变吗
请让我变成她裙上的花纹
或者变成一粒尘埃
飘落在她脸上
两三声鸟鸣落下来
我的心轻颤了几下

那是1992年，春色无边
山上的燕麦

回到了酒碗中
我轻轻嗅了嗅
闻到了她的汗香

乌嘎一家

春天里，乌嘎家的新院子
阳光一蹦一跳，无邪素净的妹子
陷入一场旧情，弟弟还痛在浪漫带来的伤口里
涉世过深的母亲，心事酸酸甜甜

父亲正安抚老奶奶
日子久了，神灵会下山
白云飘成牧歌，石头坐成故事
毕摩的指路经会明明白白
老人家似信非信，左眼闪着微光

我窥视这不远处的场景，看到
掉在水中的天空摇摇晃晃
路边的羊轻声相应，一片白云赶在起风前
翻过月亮山，菩萨挤进了门槛

我还看到金色的麦浪涌在姐姐心头
鸟鸣和花香荡在酒窝里，鹰影一闪而过
还有那，分分秒秒挣脱约束的小河
以及被时间平整的生与死、明和暗

秘诀

没有人告诉我
为什么哭嫁歌一唱
泪水淹没整个夜晚
为什么祈祷词一念
神灵总是迎面而来

瞧瞧，一群人从那里走来
千百座山的力量，蓄势在他们的脊梁上
瞧瞧，一群人从这里走远
千万条河的柔情，跳跃在他们的眼睛里

其实，我早已从中发现秘诀
是沙马阿普认定天空小于他的寨子
是阿洛夫基和东边的土地结了亲家
是杰娜阿呷心里只有怨气没有憎恨
是赫来那索的心只有一个人的位置
是吉克阿果把山里的索玛唱开唱红
是曲比拉毅把灵牌举过高高的头顶
是神暗示神对此高看一眼厚爱三分

阿波波

阿波波①，究竟怎么啦
想喝酒，一口干
想摔跤，把大山提起来

阿波波，快快看
花在笑，水在唱
阳光的味道，妙不可言

阿波波，阿波波
阿妹明天就回来咯
阿妹明天就回来咯
有谁能告诉我
怎样才能跨过今夜
一步到明天

_____

①阿波波，彝语，感叹词，世上一切美好事物都叫阿
　波波。

珍珠

从来就是听故事的人多，懂故事的人少
掐指一算，几十载的天地间
其实只发生了一件事
那就是你也爱上了我

我到世上来干什么
不回避，不隐瞒
我到世上来爱你
这辈子不丢心
下辈子不丢魂

夜幕降临的时候
告诉自己，不谈亏欠
为爱掉下的每一滴泪
都是珍珠

郊外小记

太阳藏在露珠里
草地藏在羊的眼眸里
一株株的荞麦弯着腰
向大地致敬
看哪，每一种事物都这样相互照应着
世界如此精细

我就是那个对着大山出神的人
身体里淌着布谷声、花开声和细雨的低吟
爱着月亮、荞麦、小镇和自己的女人
我在草坪上一起身，三只蝴蝶
立马占领了我的位置

午后，凌空向上的鹰
一心想撬开天空的门
一只鹰飞上去
两只鹰飞上去
三只鹰飞上去
我也跃跃欲试

回家的人

民谣里哽咽的人呢，牛背上清唱的喜鹊呢
木箱里的旧照片、弹弓和小人书呢
在外漂泊的人最能懂得
一个村庄的疼痛、隐退和迷失
以及贫穷让人羞怯和渺小
以及胸中似响非响的涛声和鼓点
以及决定离开的人
在月光下徘徊了多久

这些年，走不远的只有光秃秃的山和散落的
　　孤坟
远在远方，钱从前门抓进来
鬼就从后门溜进来
伪装的乡亲，乡音一改再改
甜言蜜语献给与自己不相干的人

知道他们都走远了
但你还是在村口等了很久
知道时间不会弯曲
但已沾着尘土
再喝一杯吧，回家的人
醉就醉成大山的模样

次日清晨

草爱着羊
云托着山
原野上
阿妹是最早的那一抹春色

我驾着风，轻如气球
左边是马边河，笑声比昨天多
右边是小女儿，攥紧衣袖把我当玩具
前面低头走路的人，已被大地看清

一抬头，拉莫和乌嘎最先看见
鹰背着太阳越过了大风顶

三丈之外

石径弯弯，流水弯弯
三丈之外
鲜花长不过杂草

时间变化着人的嘴脸
那时候，我相信许多假的东西
这时候，我怀疑许多真的东西

嗨，风中的燕子
我想问一问
空中也需要侧身吗?!

月亮

故乡的月亮
笑眯眯地
送我到山垭口

一回头
发现她踉踉跄跄
向前挪了几个半步

回吧
你儿已长大

承认

是的，我承认
我们已历尽沧桑
为曾经许下的诺言，为一声声失落的呼唤

是的，我承认
一滴泪，流了千万年，至今还挂在我们眼角
昨日的伤痕，还有些痛

是的，我承认
我们是佩戴泪珠串成项链的彝族人
心头有爱，心底有伤

那一夜

那一夜
我饮酒，我号叫
看见远方的一张脸
一直在笑，一直在眼前晃动
我还没有醉，依稀记得
把酒瓶送给了路边守摊的老人
他笑了，皱纹叠加
上牙像掉了三颗
后来我碰摔了一个小男孩
我让他自己爬起来
我说你以后还会摔更大的跟斗
他的母亲在后面睐了我一眼
我还没有醉，我还要陪自己喝
路被我喝来歪歪扭扭
山被我喝来摇摇晃晃
酒香弥漫，思念弥漫
我还没有醉，迷糊中
我的右手碰到了月亮的左脸

燕子

燕子呀，慢些飞
让我看清怎样才能
在风雨中舞蹈

还求一己私念：冥冥之中
女儿和你成为姐妹

燕子呀，快些飞
三更后，三两滴寒意
飘落在了额头上

我的马

父亲就是我的马
快速敏捷，温柔顺从
骑上去，怎么也下不来了
"驾！"笑声洒满童年的天空

风吹天下，一路红尘
梦在梦中，梦在梦外
三更后，被马蹄声惊醒

马独自去了天涯
但绳还系在我的手上
轻轻一拉
他又站在了我的身后

死亡演练

"光阴的故事真假谁能辨
手舞足蹈的迎送几分是真"
卸下白天的妆
对着镜子做了几个鬼脸
究竟谁是真的我?
其中一个或最后一个
貌似自己死后的样子

"一路颠沛流离不能怪罪于脚
一生辛酸劳累不能埋怨于命"
小子，没有你
这世界还完整吗?
松开手，放自己一马

这一天

这一天
影响深远
从尘世到天堂
　　　——题记

给火塘添柴，让火光照亮神的脸庞
把门敞开，让来往者自由出入
当第一缕阳光绕过天际，你就扯起嗓子喊
库史咯①，库史咯，库史咯
让石头和树木听见，让牛羊和庄稼听见
让高山和河流听见，让祖先们和未出生的孩子
　听见
看谁第一时间赶到家

天空和大地原谅了我们的荒唐
阳光和粮食赐予了我们福分
感谢共醉红尘的兄弟姐妹
以及昨天深深伤害我们的人
这一年，七只岩羊跃过了大溪口
布谷鸟叫了三声，魂魄就回到了身体里

---

①库史咯，彝语，指过年了。

发病多年的妹妹已出嫁
几段乡谣擦干了湿润的心田
这一年，或许还有一些伤痛
但我们依然爱着故乡和自己

念祈祷词的时候，深情、婉转、虔诚
把感恩和祝福念得更饱满、清晰、响亮
敬酒的时候，不要漏掉
每一张虚晃的脸和每一个碎影
以及每一个血液里奔跑的人和物
以及隐藏在自己背后的自己

赶路

"坐下来喝杯酒吧
每处会面都是奇遇"
匆匆赶路的陌生朋友
摇摇头说，心的另一面
总在呼唤着什么，来不及了
还有半个魂丢在了山谷里

"哦，热心的主人
不要唱起酒歌
忘了手中端的是酒碗
请朝左边移一移
给神灵留一个席位"
他回头时，眼神温和而忧郁
背影沾满尘埃

飘

一回头
外婆的白发在风中飘
再回头
外婆的白发在梦里飘
三回头
外婆的白发在天上飘

在一起

把自己还给故乡
与鸡鸣马嘶声在一起
与自由的鹰和知晓神灵的毕摩在一起
与厚实的大地和辽阔的天空在一起
与自己的三个魂魄在一起

就是这日夜歌唱的河流
就是这布满神灵足迹的大山
就是这跋山涉水替人赎罪的羊群
就是这临风飞舞轻轻摇摆的荞穗
把我塑成不同的模样

就是这风吹喊痛的山岗
就是这破碎成河的歌谣
就是这半生半熟的母语
就是这粘了又粘的经书
把我塑成不变的模样

"让羊回到羊群中去
让爱回到心窝窝来"
阿普沃萨神啊，看到了吗
我在远方，我在这里

阿依佳佳回来了

阿依佳佳回来了
春天就来了，春天是我的
山花就开了，山花是我的
敢来不？咱赌一场
谁能一口喝掉一条河
谁先一顿吃下一头牛

梦中的阿依佳佳回来了
热情奔放的阿哥哟，快赐我红腰带
我要与大山摔跤
自然洒脱的兄弟哟，快牵来我的骏马
我要追回飞逝的岁月
慈祥善良的阿婆哟，快按住我的胸口
一颗心要蹦出来了

阿依佳佳回来了
太阳啊，你别出来

影子

当我说出河，你会
接着说，它是一只大大的酒碗
酒碗里飞出苦涩的歌

当我说出山，你会
接着说，它是一个斑驳的故事
或离开时母亲反反复复的叮咛

当我说出鹰，你会
接着说，对呀！翅膀
就藏在心的右边

路过的人，来一杯吧
我们正在兴头上
酒杯一碰
都是故乡的影子

在广州，遇见阿克拉铁

在广州，遇见阿克拉铁
他的眼角堆满洗不掉的沧桑
我用深情的母语向他问候
他神情恍惚，目光茫然
随后用椒盐味的普通话回答我
他有了新的名字，喊起来有点别扭
他有了新的女人，那女人一脸光亮
像刚洗出来的红苹果

黄昏的小酒馆最适合谈乡愁
酒过三巡后，他断断续续地说
"我承认，我是一条蚯蚓，没有骨头，但可以两
　　头爬行
我承认，脚步在远方，头颅在故乡
我承认，隐约的月光里，常常被自己的影子
　　绊倒
我承认，体格重了，人格轻了
我承认，跑不过时间，斗不赢真理"
故土难以割舍的痛与疼
死卡在他的喉管里

电话铃再次响起

他起身离开的那一刹
一颗泪在他眼眶打转
却始终没有掉下来

嗨，朋友

嗨，朋友
你从哪里来
这里已没有牛和羊
你还对着草地吆喝什么
放牧老人也进城喝酒了

嗨，朋友
这里已没有人等你在村口
你还对着山岗喊谁的名字
他们攥着故土和泪
在千里之外喊故乡

嗨，朋友
这里已没有飞鸟了
你还对着原野学什么鸟叫
红嘴鸟成了讨好官人的心意
画眉鸟成了贿赂富人的笑脸
它们的骨头和保护的意义
同时从人们的嘴里落下来

嗨，朋友
你是那个来信说

梦中常被牛绳子拴在屋后的那个人吗?
你是那个传话说
赶来寻觅自己长眠之地的那个人吗?
火塘快熄灭了，我也将起身离开

59

牧羊女

草地上的羊
九十九只
加上我，刚好是一百只

云淡风轻，远山渐黄
只有我知道
一座山的孤独有多长
一条河的寂寞有多深

天上的云
九百九十九朵
加上鹰，刚好是一千朵

星月私语，花开花落
只有我不知道
这些羊群、云朵和我
谁是谁的主人

仗势欺人

小草生来怕事
秋风一到，便不停抖擞
秋风顺手一抓
把它摔翻在地

让鹰想不通的是核桃树
风七七八八踩来的时候
枝枝叶叶都乱了
乱了就相互抓扯
核桃打核桃，头破血流

风又跟着风涌过来了
照此下去
坡上的梨树
你们的麻烦会更大

羊的眼睛

那年，隆冬时节
我走过小凉山牧地
一株枯草点亮了一只羊的眼睛
另一只羊试探性地嗅嗅我的衣衫
更多的羊无助地望着我
我不是它们的主人
我只是打马而过
在远处回头
它们齐刷刷地望着我

很多年过去了
我忘却了尘世的冷暖
却怎么也忘不了那羊的眼睛
它们常把我从梦中喊醒

输与赢

姐，小时候
我藏在荞麦秸里
你站在我脚尖边
四处张望，一脸茫然
还对着远处喊我的小名
我半眯着眼，生怕你听见我的心跳
我赢了，你怎么也找不到我

我辍学了，夜更深的时候
你咬着衣袖低低地哭泣
是咬不破心中的痛和疼吗
我看见你跑出木门
抱着屋后的核桃树喊妈妈

姐，这时候
你成了亲人的几串眼泪
又变成云雾飘过了山顶
毕摩说，你去了风的尽头
比远方更远的地方
我站在原野上举目眺望
我输了，我永远也找不到你

留言

秦巴娜

贝壳耳坠还在左边的柜子里
花童裙还挂在我的衣帽间
那年在村口的合影照
我用手擦了擦
阿爸在里边笑了很久

"爱一个人就用命扑过去"
不要为我提心和吊胆
命运已托付给村庄
生活的沟壑，我只唱给
山下的河流听

你一个人多保重，阿妈
打雷的时候，不要忘了
到我铺上去睡

一起走过的地方

风在风中清唱
万物的耳语缥缥缈缈
精灵般的花草、树木、石头
统统站了起来

没有惊吓
你肩头飞起飞落的蜜蜂
让它采走身体里的甜
以及内心隐约的羞怯
以及脸上微醉的笑意

就这样走着
世事轻小，不论是非
不远处，小河知趣
绕道而行，翩翩起舞

65

我和乌芝嫫的轻描淡写

我还在窘态中
乌芝嫫就要去广州了
一早赶到车站送她
心突然荡了一下
说祝福的时候看到远处
她要我到广州去看她
我想我一定会去的
但终究没有去
时间和路费堵住了机会

思念改变了时光
揉揉眼，她就出现在眼前
睁开眼，把她送回远方
只是难以诠释
为什么咬不破温软的泪？

今年三月她回来了
去看她时莫名地紧张
"与爱和恨纠缠不休
终将是一声叹息"
她的言语不冷不热
眼眶挤满各种幻影

我定定看着她的两个孩子
"假如是我和她的
他们就更乖了"
很久以后我还是这样想

下午纪事

三点四十分
两只蜜蜂从这朵花跳向那朵花
花蕊充盈、鲜嫩、甘甜
听出来了吗？嗡嗡的感恩心
四点二十八分
水獭成功蹚过马边河
坐在对岸，小肚子一起一伏
微风吹落它身上的水珠
五点三十分
下午茶正好喝淡
淡了是中年的味道
这熬出来的味道啊
五点五十分
小女儿从那边走来
歌声透明、干净、磁性
我脸上挂着三分羡慕，七分荣耀
六点或者多一点点
几只飞鸟相约飞回林中
莲花山向落日微微点了头
整个下午就移了过去

跳跃

阿普沃萨神，你分明看清了
这刚满一岁的女儿
哭，世界就安静
笑，天地就起舞

"谁来为她做荞馍?
谁来给她掖被子?"
捂着伤口前行吧
忍住一天，她就长大一点点

阿普沃萨神，余生还有多长
若强人所难，我将斩钉截铁
从天堂跳跃，直到
落在故乡的村口

翻过这座山

翻过这座山
急于表达和抒情的是我和鸟

这小路认识我
这大埂认识我
远在远方
常听见它们的呼唤

前方的树木站着
路边的石头站着
身旁的爱人站着
一起聆听土里的乡音

月亮啊
你是否晓得,这山和水
谁是姐,谁是妹

与山对坐

后半夜
与山对坐
人沉默，山微笑

微微闭上眼
近的看得清
远的想得透

借着月光和薄雾
看一眼像父亲
看两眼像母亲
看三眼像自己

相框

妈妈
蚂蚁穿了衣衫吗?
石头是活着的吗?

妈妈
大山为什么要直立?
河流为什么要扭腰?

妈妈
快跳下来
帮我梳梳头

感恩

命运之神哪
你让我的爱人成了我的爱人
你让我的孩子成了我的孩子
你让我成了我自己

常常地
属于一个人的夜晚
我把水喝成了酒

随我到佳支依达

山回水绕，曲曲盘盘
走在前面的是河流
跟在后面的是月亮
一抬头，神的笑意落在脸上

声声啊斯咯①，引诱大渡河拐弯
星星不停地对我眨眼
我错把自己当了几回
美神甘嫫阿妞

"来的时候是朋友
走的时候是亲人"
梦境般的佳支依达啊
在你巨大的体内
跑得更快的是心头的怨气
跑得更慢的是心底的爱恋

---

①啊斯咯，彝族歌谣的总称。

回乡记

先为一匹马让路
又为一只羊让路

牛在路边傻笑
忘了应它的话

再往前走
我怕见到她
更怕见不到她

故 乡

我的故乡
很大很大
走了多少代
也走不出她的怀抱

我的故乡
很小很小
梦里常抱着她
轻拍共眠

我的故乡
不大也不小
从这头到那头
刚好放下了我的爱

爱的指尖

这是世上最美的地方
我的理由就这么绝对
我的女儿在这里上学
她的脸就是我的万水千山

这是世间最暖的地方
我的标准就这么唯一
我的爱人生活在这里
她的心就是我的万种风情

在这里
天不高，地不大
我用爱的指尖
把它撑了起来

冬天里

雪带来了更多的雪
冷吗，我的村庄
摸摸河边石头的脸
它们憋在心底的话
差点抖了出来

雪落在雪身上
才能活得长久一些
绕不过去的
飞入水池中，有轻微的哭泣声
索性更冷一些吧
或许能触到冬天的用意和骨头

雪，你下你的雪
风，你刮你的风
羊已赶回河谷地带
冬柴已储备就绪
莫获拉达的寨子
火塘正旺，羊肉飘香
远方归来的人
刚好回到了家门口

一个少年的忧虑

天空啊，不要走神
太阳会掉下来

雷公啊，息息怒
不要踩跨山岗

大家的月亮，阿依嫫凭什么
涂成她妈妈的眼睛

小城故事

闹哄哄的街道
假惺惺的圈子
熙熙为名，攘攘为利
刀尖上的油
被舔得一干二净

好久不见自己
时光的脚在眼角堆积成灰
胡乱的心跳在后半夜更胡乱
梦被梦压成三道湾

走吧，到郊外去
与鸟儿交换歌声
与云彩交换心灵
走吧，还嗅多少阳光和草香
才能回到从前

走来或走去

毕摩的经语断断续续
前半夜在风中飘
后半夜在梦里飘
"前面走去的是来世的自己
后面走来的是前世的自己
你就是现在的你自己"
外祖母也肯定地说
月光下，一拐弯或左右移动
脸和手随时触到神的衣袖

那么，这片土地上
他们的梦是我的梦
他们的痛是我的痛
攒动的人群
都是我在走来或走去

其实我还想刨根问底

"神的脸是什么样的脸
石头的心是什么样的心
没有脚，道路还有什么存在的意义"
一个瘦弱的毕摩
左手指着月亮，右手摇着铃铛
心在捕获风中飘浮的答案

天使长成什么样子？我不知道
但可以肯定
该是山中牧羊女的样子
该是放学回家孩童的样子
该是河边芦苇花开的样子
该是燕子侧身而飞的样子
一喊，它就向我走来

其实我还想刨根问底
布谷鸟在撒谎，人们为什么依然爱着它
山门一打开，为什么不见安心种地的人
命运为什么总是捉弄那些重情重义的人
鹰的壮志和虎的气魄究竟丢落在哪段路上

歌谣

外婆唱了阿妈唱
含泪而唱，轻声而吟
村庄静了，牛羊静了
静不下来的是姐姐飘零的心

沾满泥土的歌谣，浸满月光的歌谣
身世抖出来了，芳心吐出来了
河水醒了，山雀醒了
醒不了的是阿妹昨天的梦

只有在古老的大小凉山
在长长的歌谣里
时光才能静下来
静下来的时候
草长成了牧鞭
马跑成了山歌

唱吧，历史的伤口上流淌出来的歌谣
用千年挤压的力量而唱
山花就为你而开
草木就为你而生

索玛花开

香透山里人魂魄的花朵
充满灵性和仁爱的花朵
你在风中摇曳和祈祷
爱神飞过缥缈的历史风烟
飞过传奇丛生的古老村庄
痛也追随，苦也相守

索玛，开遍故乡的山山岭岭
弥漫边地的大街小巷
和蔼可亲的老人是古铜色的索玛
憨态可掬的孩子是鲜绿的索玛
含苞待放的阿妹是粉红的索玛
玉树临风的阿哥是纯白的索玛
看到了吗？站在生活的刀痕上
破涕为笑的索玛最耀眼

索玛，我们已远行
把白云叠成披毡
把鸟鸣叠成歌声
当在远方蓦然醒来
神奇的花朵，幸福的花朵
三瓣开在脸庞
七瓣开在心窝

深秋

一群羊走过来
用变了调的吆喝声
连喊三遍
它们才抬起头看看我
又慢慢走远

路边窃窃私语的女子
看表情和神态多么幸福
我假装听不懂母语
任她们继续放肆
其中一个眼神
堵住了我远去的路

不用猜想
山路上走来的爷爷
披毡里裹着烟斗和我的童年

坏心眼

小时候
那些云朵就睡在屋后
我想偷偷剪下几片
让阿妈织成披毡
几个晚上，我还发现
月亮就憩在屋顶上
我的想法变得更复杂

长大后
云朵跑到了天边
月亮只露出半边脸
这一路上，我默想
或许是因为我从小起了坏心眼

平行

大口吞着青草的香
润润哑了多年的喉
随着风，慢慢蹲下
看到了梦里的自己

斜对面
鹰在树丫上打坐
眼睛总是盯着脚下
好像还看到了什么

匍匐与青草交谈
头再埋低一些
我与大地开始平行

毕摩辞

"富人的嘴脸不是他们的嘴脸
穷人的嘴脸不是他们的嘴脸"

"人生其实是本糊涂账
一切都是时间的祭品"

毕摩还说："没有快，没有慢
不过是人心在轻轻蠕动"

"纷扰是尘埃，只能轻轻抖"

天空苍茫缥缈，尘世情欲弥漫
轻描在经书中不过两三行

回家

妈，还有118公里
妈，还有116公里
妈，还有114公里
妈，还有112公里
妈，只有100公里了

联手

时间揭穿了风的谎言
生活的拐弯处，红尘四起

乌鸦的千种悲伤
抵不上布谷的一声欢唱

白云还相信自己的纯洁吗？
马儿还相信自己的速度吗？

联手吧，鹰
让你的翅膀和我的诗歌连起来
覆盖故乡的天空

山中笔记

转悠了大半天
没有找到童年的足迹和影子
山风说了什么，依然是个谜
一只鸟，惊飞另一只鸟
时间缓慢，对着山出神的老人，更显孤独

不妙啊
和落单的羊对视
赶紧移开目光
怕它看穿我弯弯的心思
并开始进行报复

而这一切无济于事
侧耳倾听，云雾深处
一浪浪的书声淌过来
冲垮了寨子里一道道坎

白云之下

白云之下的马
它的美，它的力量
它天性的高贵
在传说中，在奔跑里

白云之下的村庄
有一首歌，飘到了天边
有一个梦，飞出了心窝

我力大无比
多少次在梦中
把白云之下的故乡
背到了远方

记农历十月的一天

上升的鹰
把妹妹的目光拉远
离群的黑山羊或许有不一样的念头
但很快感到了惊慌失措

草丛上蝴蝶的翅膀慢慢收拢，又向外闪两下
低矮处，杂草借着风力抬了几次头
吊在扁竹兰上的露珠躲过了刚才那阵风
最令人揪心的是死了还站着的玉米秆

这一夜，山中的寒风刺骨
更刺骨的是阿妹的眼神
一针针，扎穿
我那虚伪已久的心

送亲

姐，遇事不要憋着
身边没个贴心人
就对山下的公路喊那个人

不要诅咒乌鸦
乌鸦是母亲家乡飞来的乌鸦
不要伤害喜鹊
喜鹊是母亲家乡飞来的喜鹊

不要想爹娘
想爹娘的时候，站在月下把泪擦
不要想家乡
想家乡的时候，站在风中把歌唱

声声口弦
远嫁女伫立于岔路口
秋雁声声
三声长，两声短

旧日志

山上的时间分明比城里多
但有些地方时光从未到过

山下车来车往
往山上去的空车最响

观天记

半空中的白云只有腰
没有头，也没有脚
却一直往上爬
慢悠悠地，没有急事

一下午，我仰望畅想
断了线的风筝挂在月亮上了吗？
那些妖魔和鬼怪是否混进了天堂？
替我赎罪的羊如今变成了什么？
传说中去参加太阳母亲葬礼的姑娘回来了吗？
想不起来了，那年冲到山垭口去捡月亮的
一个是阿克拉莫，另一个是谁？

傍晚，落日徐徐掉下来
刚好被挤下来的几片云搂住

莫获拉达以西

我看见，少年的牧鞭一甩
白云被赶成牛羊
我看见，少女的口弦一拨
昨天被拉回眼前

我还看见，山头的月亮一出
羞羞地，倒挂在妹妹的脸上

一场雨的深情婉转

雨点落下来
一朵花张开了嘴
可风一吹
改变了初衷和缘分

后来的雨，肥肥的、圆圆的
不顾一切地冲下来
我试图看清它落下的过程
那么短暂，那么模糊

日记：
风在流浪不是风的错
雨在滚落是雨的错吗？

真相

天空为什么没有垮下来？
那是因为真理还撑着它

大地为什么没有陷下去？
那是因为大爱还托着它

逃

唱了又唱的旧歌
让人心疼又心慌
或许你还不太明白
这里的女子优雅、端庄、大气
听见哭嫁歌却潸然泪下

看哪，乌嘎脸上的泪很慢
从眼眶到鼻梁，再到下嘴唇
最后滑进火塘，溅起微尘
在临近出嫁之夜，唱歌的人
忘了擦泪
呜呜的口弦或几双恍惚的眼
让群峰次第倾斜

——哥，酒差不多了
带我走吧，赶在天亮前
蹚过金沙江

一天到晚

清晨的月琴，叮叮咚咚
评春秋，说冬夏
一曲弹毕，把心留下
再弹一曲，世间无我

正午时分，花草交换着香气
鹰拉近天空和大地的距离
我确信，这世上有看不见的人
比如，我的父母
他们和从前一样爱着我

星星闪耀的夜晚
舒适、静谧、神秘
时间不慌不忙
我又想了一会儿她
而后进入了梦乡

那是你，那是我

那些酿山泉成美酒的人
那些谱山风成歌谣的人
那些看不厌赛马、摔跤、斗牛的人
那些读不倦《勒俄特依》和《玛牧特依》的人
那些把《查姆》和《阿细的先基》化作血脉
　的人
那些拜大山为父亲拜河流为母亲的人
那些在天涯海角也听得见山风哭泣的人
那些千百年来从不下跪的人
那些一路上只有疲惫没有疼痛的人
那些自己身上显现另一些人身影的人
那些用一杯酒装下无数的孤寂与冷漠的人
那些用一棵灵芝草丈量天地和灵魂的人

那些把火塘当作世界中心的人
那些手掌上神灵的足迹隐约可见的人
那些禁食马、鹰、狗、猫、猴、蛇、蛙肉的人
那些禁锄黑头草、柏杨、针叶树、水筋草、灯
　芯草和藤蔓的人
那些梦想躺在鹰背上晒太阳的人
那些不分高低尊贵依次敬酒的人
那些死了多少年依然在村口流连的人

那些端起酒碗与大山干杯的人

那些听到哭嫁歌从天上跳下来的人
那些在口弦声中失去记忆的人
那些用歌谣把昨天拉回来的人
那些布谷声落进心湖溅起微澜的人
那些闻到荞香喊妈妈的人
那些看到土豆称兄弟的人
那些对着绵羊唱山歌的人
那些走了多年依稀还闻到他的味道的人
那些眼神能使三座雪山融化的人
那些一不小心滑进少女眼眸的人
那些等一秒钟也觉得漫长的人
那些一见面就把自己交给对方的人
那些再看一眼使人丢魂落魄的人
那些看见月亮也被月亮看见的人

那些在转弯中迷茫的人
那些在向前中阵痛的人
那些还睡在纸币的暗影里的人
那些还迷恋酒杯、嘴唇、美言的人
那些被酒话灌得眯眯醉的人
那些天一亮爱情就死了的人
那些眷念土地却丢失土地的人
那些诗化言语被模糊混乱的人
那些内心荒芜一再潦草的人

那些背着一摞钱不知往哪里去的人
那些在别人的故事里找到自己的人
那些往手心啐了唾沫却不知去干什么的人
那些把自己的影子倒挂在山岗上的人
那些不断捉摸自己影子的人
那些对权力和金钱差点说是的人
那些对故乡的歌谣一开口就忘词的人
那些还在刀尖上舔血的人
那些尝到了死亡滋味的人
那些夜里变得渺小和羞怯的人
那些心里住着野狼却只咬自己的人
那些在后半夜与自己争吵的人
那些不停地向大地赔罪的人

那些不断复活和重生的人
那些攥紧拳头砸烂夜空的人
那些在黎明时分长长舒气的人
那些故乡的血一点一滴流入胸膛的人
那些把捆扎的荞麦秆当作母亲雕像的人
那些时间剿不灭内心狂野的人
那些来不及寂寞忘却了孤独的人
那些一个人也热闹非凡的人
那些泪流满面却不哭泣的人
那些把骨头燃成火把的人
那些把故乡唱哭唱笑的人
那些背着大山行走和穿越的人

那些一切焦虑和冲突都为爱的人
那些把磨难和劫数当作福分的人
那些心怀希望、勇气和光亮的人
那些民族气节高于一切的人

那是你，那是我
那是眼泪和汗水汇流的金沙江
那是谚语和家谱浇灌的大凉山
那是歌谣和故事托起的哀牢山
那是云彩和雄鹰眷念的大西南

乡魂在上

一

乡魂，

是一首忘了歌词的情歌，

是一口溢不出边的清泉，

是一个没有讲完的故事，

是一张撕碎了又拼合在一起的旧照。

回家吧，回到乡魂中去，阿巴拉哈①，

回家听听心跳，把手放在胸口，

回家抱抱羔羊，把脸贴在茸茸的毛上，

回家弹弹月琴，在流淌的月光中，

回家背背家谱，从十二支祖开始，

回家唱唱情歌，最撩拨人心的那首，

回家发发牢骚，把最恨的人的名字咬在
　　牙上，

回家看看阿妈，看那布满沟壑的脸庞，

回家和大山摔摔跤，和河流谈谈恋爱。

回家吧，阿巴拉哈，在梦的转弯处，把自
　　己接回家。

----

①阿巴拉哈，一游客的名字。

二

孩子，这么多年，皎皎月儿缺了又圆，梁上燕子飞了又来。你阿爸是只风筝，无论飞到哪儿，线总是系在故乡的屋梁上。风筝一千次地跌落，又一千零一次地升起。

孩子，我总想回家看看在后半夜被泪水淹没的自己到底丢失在哪段路上，以及几首乡谣为什么唱碎了我的骨头。回家后，不要告诉阿姨们，阿爸在外面凭栏远眺悄悄哭泣过。

你姑妈来信说，而今荞麦开满了山坡，漂泊的风回归了故园，孤寡老人化作了神鹰，断翅的云雀飞回了山岗。

孩子，想必家门前的野梅树盛开了，你三爸一定爬在树丫上同轻轻的风儿摇曳着，摇曳着我们的名字哩。

回家，沿着月色梯子，沿着爷爷奶奶的等待，回到布谷鸟啼声悠悠的地方，回到杜鹃花飘香阵阵的地方，回到生长农谚和孩子的地方，与鸟鸣和花香在一起，与亲人的心跳在一起，与自己的野梦在一起。

三

是的，阿巴拉哈，瓦缝间飘散的炊烟是我，走得出天边走不出寨口的是我，母亲心头还没有拔出的那根刺是我，阿妹在出嫁之夜没有唱完的情歌是我，三十年前父亲掉进火塘的那滴泪是我，村小墙壁上若隐若现的字迹是我，站在路口乱喊乱叫的孩童是我，走过几条小街后满脸风霜的人是我，唱起哭嫁歌心中开始别扭的人是我，白天彬彬有礼梦中衣不蔽体的人是我，被摔翻在地却死不认输的人是我，土墙房里摇晃不定的马灯是我，坐在清泉旁还干渴的人是我，躺在火塘边还受冻的人是我。

四

看，银白的月亮悄悄从峭崖上踱上来了，是哪家妹子在森林里婉转歌唱。

亲爱的妻子，沿着温暖真实的呼唤眺望，那冒着袅袅青烟的村庄，就是我们梦中皈依的圣地。

耕田耙地的阿爸，除草护苗的阿妈，我们回来喽，快打开大门，露出圣洁慈祥的笑容。

亲爱的妻子，到了家别忘了亲亲地叫一声"喔依"①，叫一声"博妞"②。

亲爱的孩子，到了家别忘了甜甜地叫一声

①喔依，彝语，特指公公。
②博妞，彝语，特指婆婆。

"阿普"①，叫一声"阿薇"②。

走吧，小溪缓缓在低唱。远处的狗吠声牵引你了吗？孩子，明日你迷离恍惚地醒来，一夜清梦就撒在阿奶驼驼的背上了。

唱古谣的阿姐，比克智③的阿哥，我们回来喽，漂泊在外的我们回来喽，快打开大门，露出你们青春的笑脸。

阿哥啊，让我们一起再睡一宿古老的瓦板房，让我再次和童年的伙伴摔摔跤。

阿弟啊，快把注满风情的杆杆酒抬出来，把膘肥的绵羊牵出来。

故乡的大风顶啊，快让羔羊暖热我的情怀，快让马驹舔去我的泪痕。

放牧的阿普，锄禾的三爸。啊，我怎能不回来，东边的土地是我的魂，西边的土地是我的魄。

那些沉默如金的山峦，那些日夜歌唱的河流，那些风中飘曳的神灵，那些善良薄命的羊群啊，我们回来了。

背水的表姐，赶集的表妹。啊，我怎能不回来，那些枯枯荣荣的草地，那些知晓神界的毕摩，那些逐年发黄的经书，那些泪水浸泡的乡谣，就是我生命的复合体。

---

①阿普，彝语，爷爷。
②阿薇，彝语，奶奶。
③克智，彝语，辩论词。

阿普沃萨神啊，你也有病痛和伤害吗？谁来为你疗伤和祈祷，歇一歇吧，不用管我。

还有，篝火如灯，倦鸟归巢，迷路的孩子，你找到回家的路了吗？

五

故乡的大风顶啊，故乡的格戈唷鸿，我回来喽。我原本就是山里的孩子，梦和记忆的归宿都在这风坡溪小小村落里。生活缔造我，一半是预言的一层，一半是歌谣的一节。

不知在什么时辰，就这样走出了鳞次栉比的木板屋和连绵不绝的山峦，就那样走出了上上下下的石阶小路和潺潺缓缓的温泉，以及女人的泪和男人的血渗透出的苍凉梦，却把心丢在故乡清冽的马边河畔，丢在颤动的马铃声和牧歌里。我见到了骑在马背上辉煌的故事，走过了海滩咸咸的足迹路，却怎么也找不到祖母传说中的圣地，青青的三月梦飘逝得无影无踪。

来，我的朋友阿巴拉哈，来，我亲爱的孩子，一起向俊俏的山脉和优美的河流低头，向高贵的自然和土地神低头，向悄悄流淌的时光低头。

六

　　看哪，我的孩子，那依然是上上下下的巷口，从历史到现实，母亲们忙头又忙尾，炊烟香了，人心暖了，咿咿呀呀的歌谣里，孩子们长大了。长大了，一个个从巷口飞走了，那情节总是让母亲们的视线受冷。孩子们在远处回头，整个家园和母亲一起摇摇晃晃。

　　多少年后，他们想起要回家，可每一条回家的路都被繁忙封锁了，生命的根系伸进了城市心脏。偶尔在起风的黄昏，用渐渐遗忘的母语轻轻哼起有些伤感的童谣，抑或蹲下来双臂交叉眺望远方衔来一粒粒红豆的大雁，褐色的呼唤溅起看不清的伤情。

　　冬天的风吹来，小巷又瘦了一圈，又老了一轮。

　　哦，有谁能懂得，出门在外的孩儿最怕半夜接到电话，更怕半夜接不到电话。

七

　　阿巴拉哈啊，故乡河是从女人的歌谣中流出来的，淙淙地流过春天的最深处，流过小镇的中央，温柔地流过浣衣女的手指间。

　　淹死雪花和石头的河，分分秒秒挣脱约束的河。河的故事被女人们平平仄仄地咏叹，她

111

们发现自己满腹情肠似一条温暖的河，生来怀着与河流难舍难分的情缘。

只要是这故乡河畔的女人，都带着羞怯的浪漫。老祖母们在怀念过去的棒槌声，少女们在怀念肥皂泡一样的初恋。她们总喜欢用缠绵的渔歌拴住男人的心。柔柔的情丝，袅袅的情韵，耐人寻味地随河漂流。

一个女人，生下来就需要洗，从头到脚，从身体到内心，需要梳洗成有皂香味。这样洗衣石一年比一年光滑，河边女人们的故事一年比一年动人。

远处，一剽悍男人驾舟款款而来，一张大网撒下来，把山妹子的心网住了。

而春天的这些日子里，最动听的还是女人们的戏言，说那新婚的妹子，昨天刚洗过的被子今天怎么又拿来洗了？妹子脸上开出两朵鲜鲜艳艳的石榴花，嘴里嘤着闹着阿姐们真坏。而后欢乐的笑声伴着浪花跳跃在河面上，涌动成喷香的心事。

故乡河，流着一种女人的韵味，当柔绵绵的意境留在嘴边，一个个女人就成熟了。

八

我的孩子，小凉山的春天，是衔在布谷的脚丫上飞来的。

布谷鸟的啼声落在河面上，春水就涨了，触在农人的心头，农人就哼起播种的歌谣。

布谷鸟纤细的脚站在树枝上，树枝就长满了鸟鸣和花香。影子落在故土上，故土就散发出母亲的性情。

布谷，它的歌声好像有点点彝腔。

布谷，如水的姑娘，从梦里出发，听大山和月亮的对话。

布谷，让我在回家的路上伫立，并微微颤抖。

布谷，小凉山的人仰望头顶，天空湛蓝，白云自由。

季节流走了，布谷鸟飞走了，飞出山岗的时候，脚爪上垂钓的岁月，是小凉山内心的平安。

九

我的孩子，还记得那金丝鸟吗？
它是在二月的早晨飞走的。
它是在晨雾蒙蒙中飞走的。
它是从沙库阿妈的手中放飞的。
它飞翔的翅膀牵动着我童年的心。
受冻的金丝鸟，受伤的金丝鸟。
它是沙库阿妈在放牧的路上，铺开洁白的毛毡裹回的。

沙库阿妈说，猎人一次小小的失误让小鸟与自己的妈妈失散了。

沙库阿妈说，鸟和我们一样，需要一个很大的世界。

如今，岁月无边无际，欢快的小鸟年年飞来，哪一只是沙库阿妈放飞的鸟，它找到很大的世界了吗？

阿普沃萨神啊，沙库阿妈送给蓝天的礼物蓝天收到了吗？

十

孩子，我也是吊在牛尾巴上长大的山娃。

那时，我羡慕干部子弟玩的水枪，他们学着电影里打仗。

我每次去公社的商店，一支水枪都睁开眼看着我。

可我母亲说，又是青黄不接的时候了。家里的光景一天不如一天。

春天，大凉山的美姑来了一位亲戚，悄悄送了我两元钱。我偷偷买下了那支水枪，母亲看见后，又把它退还给商店里的阿姨。

年复一年，无边的岁月里我长大了，我到过不少地方，却再也不见那一支水枪。

十一

　　我怎能不记得，那是秋天的一个赶场天，一个陌生男人在这里酒后莫名地扇了母亲一耳光。那一刻，天地差点翻了跟斗。等回过神来，那酒鬼已大摇大摆地消失在了人群中。母亲受到了莫大的羞辱，母亲躲在街的一角哭泣。那时候我只会陪着母亲哭，那时候我已经十二岁，我为什么不跳起来还他两耳光或者咬破他的右手！很多年过去了，母亲早已离开了我们，估计那男人也不在人间了吧？越看越丑陋的手，每每想到那个秋天，我无地自容，羞愧难当。越洗越肮脏的手，每每想到那个赶场天，我又狠狠扇了自己两耳光。

十二

　　孩子，多少年以前，这头黄牛的祖母托起了我们活着的希望，伴我们度过那个并不抒情的年代。

　　而在一个流泪的黄昏，它在分娩中翻了白眼，最后的一眼，一只眼盯着我，另一只眼盯着产出的牛犊。

　　那一夜，我把头紧扣在阿奶吊垂的奶头上。

　　过了不知多少年，那牛犊能驮人了。

　　当我离开那山寨，它驮我路过阿奶的坟旁。

看啊，就在那边，你阿奶的坟前，有三只喜鹊在舞蹈。

十三

爷爷说，园子里的这两棵梨树，是母亲刚嫁过来时同父亲一块栽植的。不知父亲说了句什么，母亲羞红了脸。

园子里的这两棵梨树，因为与风共舞，因为与雨共唱，一同慢慢老去的日子，都是落满尘灰的金。

我的梨树，我的父母，你们送来的梨，让我尝到了故乡的心有多甜，也尝到了撒落在他乡的梦最痛。

十四

那么，孩子，这个电话号码不能删除，一删除，爷爷就被删除于人间。

那么，爱人，这个电话号码不能拨打，一拨打，就乱了天上的安宁。

十五

看哪，春风一吹，有些花乱了，乱了就跟着乱开。

春风又吹，有些花羞羞怯怯，刚露头就被路人摘走。

春风再吹，有些花还是迟迟不开。我知道它们在等谁。

嫩嫩的春天，草见草爱，羊见羊爱，自私的时间总想占为己有。哈哈，它有它的招数，我有我的套路，就一上午，我就把整个春天扎叠在心中。我在，春天就在。

我只祈求，风和雨都不要惊动索玛花，花瓣里住着女儿一夜的梦。

十六

阿巴拉哈，我叫沙马拉达，你看那木栅内的牛羊，那溪水边的蝴蝶，它们都是我的亲人，是我女儿的姐妹。

这个叫莫获拉达的村落里，看着一些亲人从那边走来，高贵、典雅、端庄。酒窝里斟满山泉水。看着一些亲人从这里走远，仁慈、坚硬、真诚。眼眶里贮满悠悠风情。

这个叫莫获拉达的地方，风过这里是爱的呢喃，云过这里是美的衣裳。泪水洒下的地方，长出了鲜花和故事。

这里是最适合我的地方了，就像现在这样，看着春风慢慢把树叶染绿，一声鸟鸣，拉长我的思绪。

土豆吃不厌，妈妈爱不够。我在我的日子里，异常安静和满足。

百年之后，我将变成几粒尘埃，无论被风吹落在何方，我都还能闻到杆杆酒飘香。

十七

多年以后，在风波溪的夜晚，我听见神灵在横梁上翻了个身。

曾几何时，山里的孩子不再留恋山花点燃的情歌和盛开的百褶裙，不再在乎潮湿的记忆和尴尬的痕印。

远方，功名利禄诱人，灯红酒绿醉人。

离开家乡的时候，村落背上的每块石头，每一句话以及存在的一切，都正在衰老，都叫人担心。

当我又回到这里，面对亲切的面容和温馨的问候，我为什么如此胆战心惊。

告诉他们，我的魂已空空荡荡了吗？

告诉他们，我的时间已支离破碎了吗？

告诉他们，我已不再是我了吗？

可亲可敬的月亮神啊，我这副样子是否真的很荒唐和可笑？

十八

阿巴拉哈，这是我当年的逃婚之路，看它一眼，眼眶里的故事就隐隐地伤痛。

被泪水洗涤过的姑娘，她的眼眸，星星闪烁。我曾偷看过她一眼，我承认，内心发生了微弱而复杂的变化。

我背着简单的行囊，雪光照我走出了村口。

我无法丈量，一颗心到另一颗心的距离为什么这样遥远。

今天，当我再次路过这里，庆幸的不是我逃了出来，是她逃离了一颗飘荡的心。

现在，让我细细想一想，明天是否去看望她。

十九

恍惚间，被鹰抓走多年的小鸡，轻飞在院子里，孩童时当过我多次新娘的阿依嫫，在村口回眸一笑。黑夜来临，我的指尖触到了神灵的衣袖。

寨子里的犬声，着实让人心安。从车窗外远远望去，落日趴在马背上，天空慢慢走了下来。

多好啊！月亮和我痴痴地看着阿妹，谁也不嫉妒谁。

二十

嘿嘿，阿巴拉哈，我去老地方坐了一会儿，以为她会路过这里，想暖暖地看一眼，不倾诉，不表白，青春早已错过。

又去老地方坐了一会儿，听说她已离开，消失在了远方红尘中。一转身，我开始慌乱起来。

再到老地方坐了一会儿，风中有她隐约的清唱。我突然明白，用字母替代的那个人，不在生活中，却在生命里。

二十一

来到风波溪，突然想起村子里的阿依嬷，为一个人出走的阿依嬷。"日子过成了岁月，她却咽不下从前？"听她的家人说她去了广州，我没有她的电话号码，也不晓得她的住址，但我真的很想见到她。她比那里的市长重要，她比所有的富翁重要，她比每一座城市和信仰重要。

风吹一次，我便想一次。"你说你先死了，我怎么办；我说我先死了，你怎么办？"谁也想不到，最先死去的是我们的爱情。

情到深处是孤独。我在村口对着夜空喊了三声她的名字，夜色微微晃动起来。晚安，阿依嬷！

二十二

阿巴拉哈，这是祖父留下的刀，挂在墙上，闪着冷光，唰唰的飞刀声，时而在体内回响，时而在头顶飘散。

就在今夜，多想用这把刀先纵砍横砍身上的赘肉，顺手丢进垃圾桶里；再细细地用刀尖削掉骨头上的锈迹，散在风中；最后用刀背剁，反反复复地，剁碎心中的奴性，给它一把火。

梦里，遇见一远亲，他摸摸我的骨头，说有的生锈有的弯曲，有的断裂有的丢失，说到城里来了大半年，为什么看不到一张清晰的脸？

二十三

听啊，布谷的歌声，清脆响亮，声声悦耳。百灵的歌声，娇音妙语，直抵云霄。画眉的歌声，深情婉转，人情味十足。蝉儿的歌声，更高八度，从天上掉下来。从古至今，真正的歌手，不较量，不互伤，用声音擦亮天庭和尘世。

看啊，清清小河边，一只鸟看着水里自己的倒影，幸福地失去了记忆。另一只鸟，轻声一唤，绿色的韵律，生动了一片村庄。鸟啊，在你们的眼里我们到底是什么？这些年，你的兄弟姐妹们都上哪里去了?! 只有那美妙的合唱声，还淌在我们的血管里，含着草地上的春风，

含着牛背上的牧歌，含着血液里的亲切，日夜
淌在我不眠的梦中。

再细心聆听，鸟声变了，春天将走远。

快飞走吧，那些挎着火药枪的亲人，又
来了。

二十四

看到了吗？第一只乌鸦飞过来，坐落在核
桃树上，不生怯，还盯了几眼坐在乱石堆上的
我，也许它把我也当作一块石头。

看到了吗？第二只乌鸦飞过来，坐落在前
面那只跟前，叽叽咕咕，从声音和神态来看，
它们不是初恋，我嫉妒这明目张胆的抒情。

看到了吗？第三只乌鸦飞过来，第四只乌
鸦飞过来，一群乌鸦飞过来，像飘落的树叶，
填满了天空。

啊哦，啊哦，把头埋下来，我这副嘴脸，
怎能让它们带到天上去。

二十五

院内，我看见母鸡领着一群小鸡，走到篱
笆墙后，和昨天一样，又回到了原处。

院外，我听见狗与狗，没有瓜葛和世仇，
又和从前一样，死缠烂打。

院后，我听说大树伐倒了，猪爬，牛也想爬。

阿巴拉哈，你为什么不说话呢？

二十六

在小凉山，狩猎人的列祖列宗，一代又一代留下来的遗物，就是那些灵性的猎狗。

茫茫的森林，爷爷们走过的小路，父亲们在走，狩猎的声名远播寨外。他们说，真正的猎人，让孩子的梦甜起来，让女人的梦圆起来。

而今森林变小了，祖父们的尸骨和猎物的残骸，都成了土地上的肥料，我们在这土地上载歌载舞。

传说中狩猎的好地方，开满了粉红的荞花，猎狗在这一代人眼中，变成了猎物。

二十七

这支猎枪，在我家冷清的土墙上挂了整整两代。

那时候，爷爷总是在黄昏来临的时候出猎，说要射下最后的鹿子，就圆了毕生的梦。

我和阿爸就依着木门，在秋天最后的夕阳里，总是等待一支晚归的猎枪，总是等待关于猎人的故事。

后来，在一个不平静的清晨，弓箭射进了爷爷的胸口。爷爷成了最后一只鹿子，殷红的血浸在七十八代的家谱上。

从此，这支枪口总是瞄在我记忆的靶心。

从此只要枪声响起，我就把眼睛闭上，直到那音韵消失得很远很远。

猎枪还挂在墙上，父亲时常取下来轻轻抚摸，那双眼睛充满淡淡的忧伤。

猎枪伴父亲走遍小凉山的山山水水，那英武和刚强与猎枪同在。父亲说，只有枪口里才能跳出真正的英雄。

现在，父亲老了，猎枪也老了，狩猎的地方荞花飘香，狩猎的故事被后生们取笑。

猎枪还挂在墙上，父亲还坐在墙脚，失落的魂魄在颤抖。

后生们的安慰话，父亲说幼稚。

二十八

鹿子呀，我爱着你们，我手中没有火药枪，我手中没有诱惑毒，让我在你们满尘的脸上亲一亲，行吗？为千万年来的误会和浅薄而忏悔，为曾拥有血溅殷红的意念而忏悔，从古老的族谱上洗涤血染的关系。

鹿子呀，从远古至今，我们从你们身上打捞许多谚语，成为我们生活的路灯。我们歌唱你们，我们赞美你们，可我不知道为什么，亲爱的猎手却从不放过你们。

鹿子呀，如今你们的生活空间越来越小了，你们的肉在城里越来越走俏了，你们得小心。

鹿子呀，我们来世都十分偶然，我们离世都十分必然。

鹿子呀，我爱着你们。

二十九

榕树，我们亲切地叫你黄桷树，这名字你喜欢吗？

你多么古老，该叫你一声阿普吧。你多么年轻，成了我小女儿的姐妹。

你一向浅淡、简朴、随性，把人间的是非恩怨看在眼里，抿在嘴边。

黄桷树，我知道你长寿，超过我们几代人，甚至更远。

你在这里，你就是你，是天地间的秘密和梦境。

但我依然为你的命运忧心忡忡，也许在明天或后天，你要为有些人的功绩让道。

三十

阿巴拉哈，彝族人死了，就火葬在不种庄

稼的土地上，男人的坟上堆着七块石头，女人的坟上堆着九块石头。

年深月久，这些石头也没有特殊标志了，死了的人已归自然，人们只是偶尔怀想起他们，就对着山喊喊他们的名字。

但在小凉山的马边，一个眸如秋水的女人，夜复一夜地守着男人的坟，用手指轻轻抚摸石头上的花纹，一如抚摸男人的胸膛。

村人劝告，天地这样美好，生活这般甜蜜，为何这样折磨自己。她说，其实也不为什么，因为他是我的爱人，轮回里只有这么一次。前世是水，后世是火。

守着这些石头，就像从前默默地等他回家。

三十一

莫获拉达的街头，酒过三巡的阿克拉达，对着山岗喊了三声，夜空中，一个人的心乱了方寸，再喊三声，远山微微颤抖。

他自言自语，打那以后，没有你，没有我，只有我们。世界突然缩小，小成了一个人。生活突然变样，所有的人成了你和我。

"村子空了，但我不能离开这里，她突然从地里醒来，找不到我，她会伤心的。"

他一边咬牙骂命运，一边踩自己的影子。

三十二

车过县医院，看见病房里的灯老是睁大眼，生怕一眨眼就有闪失。我的目光从窗台上层层掉下来，内心问题缠绕着问题，生命最后的那口气是否落在这里，哪个陌生的医生为我用尽了心，哪个亲爱的护士把我推出门，哪个亲人为我抹合双眼，而那个叫莫获拉达的地方，哪些牛羊为我丧失生命，哪些亲人为我丧失理性，哪些年轻人把我抬向远山，哪个毕摩为我超度灵魂，哪一撮土接纳我的整个肉体？而我的灵魂飘落在哪朵云里，化作什么吉祥物才能飞回来？而这一切的一切，阿普沃萨神啊，我将怎样知晓和谢忱？

三十三

阿巴拉哈，苏尼稀少，却并不显贵。有人说他半神半人，可敬而不可近。有人说他半疯半癫，可近而不可敬。有关他半真半假的传说让人半信半疑，说只要羊皮鼓一响，他就听得见百里之外的马蹄声，他就看得见你的前世和来生。

苏尼呀，你的鼓敲重一些，把假眠的人敲醒。苏尼呀，你的鼓敲轻一些，不要抖落妹妹心底的秘密。

这些年已不是那些年，大哥们走了，二姊们走了，村子空了，火塘凉了。苏尼有点寂寞地坐在山岗上，烤一烤羊皮鼓和一路潮湿的心情，摸一摸鼓上的花纹，理一理神灵的衣袖，而后对着原野低低吟唱。

风卷走了又一年，他到城里抓梦中三条腿的鬼，去安顿进城后人们纷乱的心情，而主人家的电话声、吆喝声、呼噜声，真真假假，此起彼伏，谁还在倾听千年祷词的雨声？

直到事毕人散，苏尼紧紧抱着羊皮鼓，依墙入眠，梦呓中唱出的祷词，格外清脆，格外传神。

三十四

阿巴拉哈，让路，毕摩来了，快给毕摩递烟，快给毕摩斟酒，快向毕摩问候。让他坐上席位，让他离神再近一些。

我们敬畏神，神敬畏毕摩。在这片土地上，无论你官位有多高，无论你多富有，活着或死去的人，都向毕摩行礼。

他是天地间的使者，他是清理人心垃圾的勇士。听说他能让福者福得安宁，穷者穷得踏实；听说他能让人们活得生动，死得精彩；听说他能知晓谁是谁前世的爱人，谁需要谁一生去等候。

毕摩啊，那些白色的、黄色的、黑色的小鬼，它们现在长大了吗？它们会钻进我们的生活中来吗？快摇响你的铃铛，快铺开你的祭词，快关上阴阳间的大门。

毕摩啊，死了的人什么时候可以回来，你让我妈妈梦里回家吧。

哦，毕摩来了，我的心和自己贴得更紧了。

三十五

毕摩啊，这个夜晚，突然发现我的身体里什么东西丢了，身上有许多洞洞眼眼，修修补补或者掩盖都无济于事。

毕摩啊，你看那小河清澈见底，我游了几圈，堆满尘埃的心灵是否稍稍干净了？你看那阳光明媚，我晒了一阵子，松软的骨头能否稍稍硬朗？你看那野花点点，我对着山岗吼，死了的自己能否稍稍醒来？

好吧，我开始退让，一退再退，所有的念想退回自己的身体里。

三十六

该守住的秘密守住了，灵魂的波动声停止了，也许还有一些遗憾，一生为他人祈祷的毕摩啊，变成了亲人酒碗中的泪滴，变成了朋友交谈时的叹息，不久又变成远山的云和雨。

"不嫌贫穷，不附权贵；不怕风雨，只为祈福"，一生与神交往的毕摩啊，羊皮经书已翻新，法铃系绳已换旧，也许还有些担忧，千万年后，这条回家的小路，谁能记得?!

天地间究竟有多远，到天堂的门口有几多峰回路转？指路经是否已装在行囊里（愿道路平坦无垠），荞粒是否放进口袋中（愿荞花生生不息）？一生布施吉祥的毕摩啊，大地之神能否庇佑你到天边？从寨前到村后，从街头到巷尾，你的去向成为我们的牵挂。

让开，山野鬼！让开，落水鬼！一个干净的人，将到更远的地方，随父去擀毡，随母去放羊。

三十七

依山躺下，阳光温暖，脚尖边的花甜甜地笑，山丘、灌木和乱石如此相爱，轻而薄的雾从身上爬过去。

入梦，我分明听见了大山一起一伏的心跳。

醒来的时候，面对群山，公开向阿拉木呷认错，我曾在心里怨恨过他，只因在摔跤场上，他多看了我女人两眼。

只是山谷窄小，装不下我的悔意。

三十八

是熊胆是蜂蜜，骗不过舌头。

不要相信阿依布布这个人，他对着山崖把云吼回去，惊叹这是人间圣地，却怎么也不愿留下来，还踩伤了一串农谚。

不要相信阿依布布，他说草丛里的虫鸣，上半夜是吵架，下半夜是合唱。

不要相信阿依布布，他说曾和大山摔三次跤，还没有开始，他的腰带就掉了。

不要相信阿依布布，他说曾和影子摔七次跤，还没有胜负之分，他的梦就醒了。

不要相信阿依布布，他不是他自己。

三十九

索玛，你这大西南的花朵，我们没有更多的歌谣献给你，我们没有更好的谚语赞美你。我们千百次地最后选择你，是逃不出你编织的缠绵情网，是注定你和山里人有说不清的缘。

索玛，你是隐秘的恋情，是不说的情语，是彝乡男人最深情的吻别。我们只有通过你的祈祷，爱情之神才能超度升天成为永恒啊。

索玛，你这香透彝族人魂魄的花朵，你充满了灵性，你充满了仁慈。让我再次歌唱你，成为女人们嘴边轻哼的歌儿，成为孩子们心里永远的图腾。

索玛，让我在你幽蓝的象征中走完一生吧，神奇的花朵，游牧子孙最真的爱恋。

四十

阿依阿嘎姆，你曾是大山里柔情的仙女歌手。

据说，你的眼神让人迷乱，见过你的人多少年以后才镇定下来。有许多男人在摔跤场上为你自豪地失败，为你产生甜蜜的嫉妒。

阿依阿嘎姆，听说蝴蝶落在你黑黑的辫梢上忘却了飞翔。你的歌声会引来一次次小小的聚会，身边的姐妹们在歌声中失去记忆。

后来，你嫁给了并不出众的阿克拉达，一口气生下了六兄妹，美妙的歌声化作了责任和忧愁，欢腾的往事化作了锄头和回忆。

在你的劳作中，孩儿们相继走出嘎吱的木门，你依恋地望着他们，目光有些苍凉。

阿依阿嘎姆，现在你老了，习惯地躺在当年为姐妹们歌唱的草地上，听晚钟在远处悠悠敲响，摇落几片枯叶，看夕阳静静地流过对面的村庄。

歌声遥远了，姐妹们遥远了，岁月遥远了，遥远不了的是用三十年的时光珍藏着自己出嫁时歌唱的那张照片。

阿依阿嘎姆，这是冬天来临的时候，你轻轻哼起了歌谣，祝福而忧虑的声音在小凉山随风飘动。

四十一

听啊，阿巴拉哈，森林的最深处传来叮咚月琴声，琴声如泣如诉，诉说纷纷扬扬的时光从哪儿来到哪儿去，我们很快会过完这一生；诉说人世间不同的声音同样表达幸福和美丽，同样渴望宁静和自由。

叮咚，纺织的女人走出木门聆听，眼眶潮湿，喝酒的男人静坐树下默默无语，羊儿蜷缩静听温驯绵绵。

叮咚，有位老者怀着满腹的想象朝森林的腹地走去了。

叮咚，琴声总是从月光中轻轻飘来，那亭亭玉立的山妹子半闭着眼躺在阿妈的怀里，心在歌声中忽起忽落。

叮咚，这个依着门槛的母亲，摸着女儿的头，望着远方喃喃祈祷。

叮咚、叮咚、叮叮咚咚……

四十二

我的妻子呀，我曾在这地方听过另一种口

弦，它在山妹子的嘴里顺溜而唱，它和妹子的心事同样青嫩细腻，无调的音符轻妙而并不自在，藏匿在姐妹们心中的波谷里。

生性腼腆的山妹子，只有在临近出嫁之夜，才变得这样野性而浪漫。

弹拨口弦，淙淙流淌的心事，一半是忧虑，一半是慰藉。

口弦轻轻，轻轻口弦，随手抓一把音符，委婉地打湿出嫁的年轮，顺着薄薄的嘴唇而下，流出家族中一代代女人跌宕的命运。沉甸甸的音符，浸透了一生的重量。

生性腼腆的山妹子，悄悄走出木门，月色落满她的眉头。她的一滴泪，倾斜了一片村庄。

口弦顺流而下，顺溜而唱。

明日一早去赶集的阿哥会回来。那时只有村头的马蹄窝深深浅浅，只有路边的野草摇摇晃晃，只有阿妹零落的心，在悠悠口弦里随着一种仪式，拉出一条长长的红灼灼的思念。

悠悠口弦，顺流而下，顺溜而唱。

四十三

我的妻子呀，这些暖暖的女人，日夜掸毡的女人，把流浪的云织进去，把柔柔的波光织进去，把失散的魂织进去。

她们的梦想很简单，只想把美丽的心事和

不说的话织进去，伴着出山的男人，跋过关山，涉过江水，夜里遗梦。

她们深信不疑，付出是长久的承诺。

她们还有一点烂漫的联想，男人不论走多远，她们都可以用线牵回来。

纵使男人有什么三长两短，最后的记忆陪着她们的体温，等来年春天的黎明时分，他们定会敲响木门。

四十四

阿巴拉哈，这些如花的少妇，都是我的表姐或表妹，在庄稼地里，大大方方地掏出奶子，用山中红草莓一样的奶头，塞住孩子的哭声。然后把眼睛微微闭上，享受着做母亲的幸福。

山里的女人就是好，奶水足，奶水溢出孩子的嘴角，来往的行人都能闻到沁人的香气。

贪婪的孩子，小嘴嘴吮着这一头，小手手攥着另一头。

我惊奇地发现，她们怀中的孩子吮着吮着，头顶上长出了天菩萨①。

四十五

是呀，阿巴拉哈，小凉山的女人就这么多

---

①天菩萨，彝族男子发型。

情，她们用泡水酒邀月亮同饮。

月亮也多情，笑眯眯地跳进酒碗里。久而久之，彝家姑娘的生活有浓浓的月亮味儿。

你看，一堆篝火燃起来了，那是彝家人的热情点燃的。

你要主动去跳舞，但不要看姑娘的眼睛，不然你会彻夜难眠，你会丢失自己。

是的，你还要喝点酒，然后闭上眼睛聆听一首首飘然而至的民歌，然后在这片土地上沉沉地睡去。

四十六

看到土豆，就想起外婆，以及和外婆一样的人，以及和外婆一样质朴的土地。

初夏里土豆花围着她尽情开放的是我的外婆，盛夏里微风轻轻吹落她汗珠的是我的外婆，一生在土豆地里寻觅生活依托的是我的外婆。

而在今夜，在远方，我的外婆回到暖暖的火塘边了吗？我们已啃着土豆走过了昨天。

想起土豆，就想起一个个名叫小凉山的村村寨寨，想起一生守望庄稼的人们。

如今，我和与我一样的人，早已走出了大山，却怎么也走不出大山的心窝窝。

我忽然想起，土豆这种食物，是一种牵挂；土豆这种食物，养育了一个多情的民族。

四十七

还记得乌呷大姐？她一会儿到羊圈，数了又数，长满胡须的公羊在，脸庞发红的母羊在，大大小小都已归圈。她一会儿到牛圈，嘴里念念有词，不就剩三头牛了吗，究竟还在数啥呢?!

明天是个好日子，到县城上学的儿子就要回来，地里土豆也熟了，可以攒出零星钱。嗯，想起他的模样，夜色柔软，暖流涌动。

而后，她坐在小女儿的床脚边，轻柔地，唱祖先留下的歌谣。而后，长嘘一声，稍许平静，乌呷大姐的夜晚完整了。

四十八

赶集的人们纷纷回家，看来这土豆是卖不出去了。

真恨自己先前不该死死咬价，来问价的有好几个呢，可为什么卖不上去年的价？

她开始恨起这土豆来，它为什么不是鸡蛋，鸡蛋为什么不是土豆。看明年我还种不种你，我们天下种土豆的人联合起来，让你断子绝孙，你又能怎么样？

可不种你，一家大小又吃什么呢？

玛西，可怜的女人，这才想起一天还未咽

口水。

玛西，再等会儿吧，从七里八弯背来不容易。

灰暗的灯光下，玛西的影子、电线杆的影子、背篓的影子，紧紧攥在一起。

快进我的屋吧，玛西，把黑夜关在外面。

四十九

阿巴拉哈啊，我爷爷是笑死的，捧起厚实的土，亲了又吻，甜荞的甜、苦荞的苦、燕麦的香、土豆的绵淌进了记忆。

我父亲是乐死的，掬起清凉的水，看了又饮，黄牛的憨厚、山羊的温柔、骏马的倔强、牦牛的狂野揉进了血脉。

土地是他们的土地，河流是他们的河流。该死的时候死了，死得安然而干净，在挽留和祝福声中慢慢走远。

而羞愧和憋屈的不只是我，假设的火塘边神灵受冷，彬彬有礼的人没有清晰的脸，荒芜的土地从左侧看像一个旧伤疤。

乡亲们涌出村口，走入了别人的梦里。在更远的地方，看到大雁飞过便潸然泪下，想起母亲就唱起破碎的歌谣。

啊，谁能告诉我，我能告诉谁，一向把命运交给故土的人们，怀揣一沓钱，还能往哪里走?!

五十

阿巴拉哈，多年来，我和兄弟姐妹们执意与酒较劲。

上午，我们戏弄它，爷爷被你淹死，父亲照样喝你；父亲被你淹死，我照样喝你。我们的姓名染着酒的色彩。一段乡谣和一碗酒，驱散了眉间紧锁的清愁。

下午或晚上，三十三碗酒在梦的门口翻江倒海，我们被它摔翻在地，言语也支离破碎。

爷爷曾说，酒，百姓醉了有皇帝胆，皇帝醉了跳妖魔舞。

父亲曾说，酒，一杯是金子，两杯是银子，三杯是牛粪。

人静夜深，一条悠长的小巷，叮当，叮当，一个孤寂的人，踢着一个空瓶。停，别踢了，这个空瓶不就是我吗?!

今夜，月色朦胧，酒意朦胧，又一个酒鬼吓跑了我内心的细节。我手中还有半瓶酒，该把它喝完，还是把它扔在半空中?!

酒醉死了父辈们，酒醉醒了我们。

五十一

阿巴拉哈啊!

我说,世界就在我们的村子里。他们说,不沾酒的人醉酒了。

我说,钱其实没有多大用。他们说,无眠的人说梦话了。

我说,鸟的眼光开始惊慌失措了。他们说,疯。

我说,而今鬼更怕人。他们说,更疯。

我说,巴心巴肝地爱着身边的人,梦就圆了。他们说,假。

我说,生活就是你和我之间的小故事。他们说,更假。

我说,在光阴的故事里,谁是谁?谁也不是谁的谁。

人的这一生,就图把自己擦干净。他们说,我是半神半鬼。

这些年,我咋不孤独?

五十二

我这样做事有点过,但出于好奇,还是偷听了阿洛夫基对女儿的悄悄话。

孩子呀,人的一生,第一天生,第二天爱,第三天死,走过路过都是到达。

孩子呀，你看，玻璃碎了，碎片里，映出不同的我。你看，笑一笑，无数个我，都笑了。

孩子呀，为了你们姐妹俩，我把自己变得一无所有。我固执地认为，只要你们平安，这世界就是安宁的。

人生来不及寂寞，我趁现在说几句心里话。我要对天空说，感谢给我阳光和雨水；我要对大地说，感谢给我慈爱和温暖；我要对神灵说，感谢对我宽容和接纳。

孩子，只有灵魂干净的人会变成鹰，我做过羞怯之事，甚至还欠拉达一次道歉，还欠达叶一碗美酒。孩子，不用毕摩为我祈祷。想念我，或者当跳不出命运的深坑，你就攥紧妹妹的手，对着山岗吼两腔。

再喝一杯吧，不久时间将淹没你的不安。

五十三

妻子呀，这铁索桥原是一座麻网桥，吊在故乡河的两岸，目送赶集的乡亲。当年我阿妈就从桥上走过来，走进这古老的村庄。

多少年之后，在那个忧伤的黄昏，它断了，断在岁月的风声中，连同它一起断去的还有我的阿妹。

从那以后，阿爸每次下河打鱼时，总是往桥下搭个石头，这样一次又一次，阿妹就可以踩着那些石头回家。

夜里阿妈做梦了，阿妹在河岸撕心裂肺地呼叫，阿妈就慌慌忙忙走出木门，分明看见一只摇动的手和断了主绳的麻网桥。

阿妹不在了，在每一个黄昏，阿爸和阿妈的嘴里，流出很凉很凉的歌儿。日复一日，梦里阿妹踏着他们的目光回家，回到暖暖的土墙房里。

岁月如歌，女儿阿洛嫫阿果像绿色的风，轻轻从桥上飘了过来。

五十四

我的孩子，看到了吗？这只喜鹊的心情很复杂，目光迷茫。雪花飞扬，或许它的孩子冻在巢中，或许它的伙伴迷失方向，或许它想起一件久远的心事。

我不敢一直往下想，只是呆呆地望着它。

失去缘分的喜鹊啊，笑声已失落在昨天的记忆里。

看样子，这只喜鹊的心还硬朗，到了这个份上，还怕来往的车辆吗，还怕飞舞的风雪吗，不就是死吗？反正我的同类已所剩无几。

我不敢一直望着它，悄悄把目光移开。

失去家园的喜鹊啊，灵魂已丢失在往日的故事中。

我还在等待，等待一场雪，它会带来我的童年。看起来，我的前世是一只鸟，或者后世会是一只鸟。我和这只喜鹊目光一撞，发出同样的音响。

亲爱的喜鹊，请把窝筑在半中央的树丫上——高了，风大；矮了，孩子们捣乱。

五十五

妻子呀，这是我表弟，只读过小学二年级的表弟，姨妈的一个念头，使他走出了识字课本。

一个晚上之后，一个可以当他妈的女人，一个十分漂亮的女人，跨进了他们家门槛，成了他生活的引路人，也给了他一些粗野的情爱。

看不清的岁月里，表弟来不及保持一种心态，就成了父亲。

十六岁的表弟，一种传统沉沉压在心头。

只听说他的同学走进了大城市，成了某条街上的居民，再也没回来；只听说他们的爱情放在了小小的车里，绽放得别样红。

表弟坐在屋檐下，看守自己的命运和日渐苍老的女人以及慢慢游移的天空。

表弟在我梦中，是一个没有醒来的梦。

表弟在我血管里，是一腔酸酸楚楚的痛。

五十六

立胡格波，山那边的庄稼长势如何？我老家屋后的野梅盛开了吧？那是多年以前，我和外婆一起栽下的一棵青梅。

立胡格波，感谢你带来一封皱巴巴的信，字迹歪歪斜斜十分亲切。可是很久了，我还是不敢拆开。山那边住着我的乡亲，那是一片清新的梦境。

据报上介绍，今年的农副产品降价了，农用物资涨价了，好多兄弟姐妹都离家远走。他们宁愿走进远方的一种陷阱，这是一种宿命。

立胡格波，你是否也知道森林里最后一个漂泊的人决定要离开了，离开马匹和牛羊，离开昔日的影子和脚印，去远方寻找自己。

最后的笛声也停止了抒情，只有风中的叶子还在轻轻舞蹈。人类啊，家园还意味着什么？

立胡格波，你从山那边来，这一切究竟为了什么？立胡格波，你从山那边来。

五十七

阿巴拉哈啊，
白云对蓝天的感恩，鹰会懂。
花朵付出芬芳的诺言，彩蝶会懂。
灵魂的抒情和表达，阿妹会懂。

那么，羔羊丢了，
母羊会怎么想？
头顶的神灵飞了，
心会怎么想？

五十八

阿芝姑娘啊，不要转身，不要转身，树叶
一转身，就成了尘埃；山羊一转身，就成了
毛毡。

不要转身，不要转身，父母一转身，就成
了墓草；光阴一转身，就成了故事。

不要转身，不要转身，爱情一转身，就成
了泪痕；我们一转身，就成了来生。

阿芝姑娘啊，心能够到达的地方不是远方，
脚能够到达的地方都是故乡。

五十九

阿巴拉哈，这是我舅舅，从很远的地方来，
翻山越岭、跋山涉水，为一件细小的事而来。

一进家门，就问家里备有酒吗？沾了一点
酒后，他摆起了农事，脸就生动起来；摆起血
统，衣襟褴褛的舅舅，更是无比的骄傲和自豪，
说他的祖父一顿吃掉一只公羊，目光可以射死

豹子，鸟在空中飞翔他也能识别雌雄，石头在他祖母的怀中生了崽。

因为他的血统和祖辈的荣光，村里大小事均由他来摆平，让他忘却了尘世的苦痛。村里平安了，他却感到寂寞难耐。

舅舅其实是为一个梦而来，梦见自己的外甥女坐着小车去了远方。他翻了又翻焦黄的经文，又到十村九寨去问了毕摩，结果都是不祥的预兆。为这事来告诉我，一个行吟诗人。

阿巴拉哈，我把这事告诉女儿，说这是某段生活的最后影子。女儿却说，我愿意回到这样的生活中去。

六十

我回到这个村子，来寻找一个死去多年的人。

这个曾在山里写诗，心中涌动浪花，血管奔腾爱情的老人。他的清词丽句写在竹片上，写在岩石上，写在焦黄的经书里。

活着的时候，他与一些诗句唇齿相依。接触他的女人都喜欢他，却没有一个愿意成为他的妻子。

他唯一的愿望是到了生命的尽头，有人用几片树叶把他火葬了事。

苍天，在孤寂冷落中走过一生的诗人在

哪里?

大地,寻找历史走向的诗人在哪里?

山川,把小凉山作为亲人的诗人在哪里?!

我回到这个村子,来寻找一个死去多年的人。他或许变成了鬼,但鬼也是我的朋友。我坐在长满野草的坟前,拿出一斤白酒,一半洒在坟头上,一半把自己灌醉。

而后,一个在外面倾诉,一个在里面倾听。

六十一

亲爱的孩子,看哪,看哪,摔跤手——入场了。那骄傲的摔跤手,不怕对手多豪迈,不怕攻守有意外,信心不摇摆。那勇敢的摔跤手,激情多澎湃,成败都精彩。

按着传统,他们被一个长者领着,围着人群转一圈,手捧着摔跤带,呐喊示威。

就在这园坝上,娘家和婆家,就要对阵威武和尊严了。

花朵一样的新娘,此时为什么这样焦慌,她是为哪家捏了把汗?

看哪,孩子,看清楚了吗?那个身穿美丽查尔瓦的是你五爸。你长大了也和他一样英武和刚强吗?也和他一样收拢所有女人的目光吗?

阿波波,你看,那个老虎一样的汉子,那个狮子一样的汉子把你五爸提起来了。阿波波,山转起来了，云转起来了，天地多欢快。阿波波，他赢得了掌声和喝彩，赢得了胜利和荣光。

其实阿爸也和你一样兴奋，只是当着众人，怎能表露这无比的幸福和自豪呢？

六十二

阿青，我亲爱的表弟，那些时候你苦苦寻觅青春的诗行，寻觅明亮的爱情。你写了九十九篇关于伊人的眼睛，还说要寻觅故土上的神灵。

你曾在一座荒坡上，抱起一只孤零零的羔羊，你说它的眼睛布满了迷惘。你说你原本是牧羊人，牧场在心头，羊群是故乡的云。

不知为什么，就在那一年，你摘了山里最美的一片枫叶，揣在行囊的最里层。你说去远方走一走，在故乡待久了，人会在风中发腻。

那时你的眼睛为什么噙满泪水，为什么还手捧一把印着乡亲脚印的泥土走呢？

月白风清，鸟落民间，远方的你也这样沐浴着月光吗？

村庄被月色洗过了，人心被月色浸过了，你还不回头吗？

忘了吧，一切不过就是尘世一念，在雁来雁往中灰飞烟灭。

回来，城市太小，找不到哭泣的角落。

回来，女人的心太小，放不下狂热的爱情。

回来，把一切心愿托付给故乡大风顶山。

六十三

吉拿阿普，你一生在乡下，与鸡鸣马嘶声在一起，与春绿秋黄的节气在一起，与锄头和撮箕的含义在一起，在忙不完的土地上忙碌着，这像一根有毒的刺，深深扎进我的心头。

吉拿阿普，风雨捶打的男人，在农闲时分，你们在赶集场上饮酒，酒过三巡，放开嗓门歌唱红尘中纯洁的亲情。

真诚的话在酒后说，开心的泪在酒后流。酒和你们与生俱来，酒使你们渡过了许多难关，如生离死别，旧愁新恨，还有一年年难测的命运。

女神之吻，永久地印在脸上，胸膛里，充满了野性和爱情。

吉拿阿普，你们真正的伙伴是那些灵性的猎狗，你们为它们取上亲切的名字，每天看守它们，召唤它们，多像是自己亲生的孩子。

这些年，山上没有猎物了，猎狗不会看家，你把最后一条猎狗卖给了狗贩子。吉拿阿普啊，你为什么装作没有看见，猎狗眼里那白花花的泪？

六十四

沙马阿普在遥远的地方，忙碌在青青的牧场，有谁能够明白，他遥望山顶的期盼。有谁能够理解，他在风中低吟浅唱。轻轻喊一声阿普啊，喊得山寨情深谊长。

沙马阿普在遥远的地方，守望着静静的村庄，他走出九里八弯，走不出苦涩的思念。他走过三坡四坎，走不过酸酸的牵挂。轻轻唤一声阿普啊，唤得泪已成两行。

梦中的沙马阿普啊，牛羊是否还依偎在你身旁，夕阳下谁帮你背水回家？

梦中的沙马阿普啊，你是否还守着孤独的小木房，风雨里谁帮你赶回那牛和羊？

六十五

入夜，姐妹们的歌声铺天盖地，唱到《甘嫫阿妞》时，整个山寨奇妙地静下来，黑暗中有人看见她抱着屋后的核桃树。

在远处，是谁的泪水浸湿了秋月。

这是从岁月深处流淌出来，忧伤的爱情之声哟，假如石头听懂了，也会淌下最真的泪水。

这是从心灵深处流淌出来的悲壮的爱情故事哟，假如羊儿听懂了，也会相守和相爱，接受诺言和嘱托。

而在今夜，七姐八妹们聚在新寨里，歌唱长长的女人路。温存缠绵的心雨，如小鸟九曲回肠的啼叫，溅湿了整个村庄。

而在今夜，雨把雨淋湿了，风把风吹远了。

而在今夜，神女甘嫫阿妞呀，一个最老的人为你热泪盈眶，一群最痴情的人为你断肠，一个最古老的民族为你心碎。

六十六

阿巴拉哈呀，沙玛拉铁（拉铁）的妻子是一朵粉红的索玛花，唱着很野很野的情歌，老是缠着拉铁的心尖尖。再硬朗的拉铁，眼睛总是流蜜。

拉铁常常想，人要是像云雀就好了，咕咕一声，掠过座座高山掠过地平线，飞落在自己的屋顶上。然后掀开瓦片，看看孩子明亮的眼睛。然后再变成一滴水，滴在妻子的脸上，让她朝头顶望一望，露出圣洁的笑脸。

拉铁的名字被妻子唤得发光。拉铁说，我丢失了。妻子深情地回答，一切都丢失在我心窝里。

然而，命运作弄人，拉铁的记忆被大脑遗忘得一干二净，目光凝固成直线，他已经不认识她了。

只有别人的爱情绚丽地开放在田间地头。

温存的拉铁妻子只是低着头默默地织着披毡，织着回忆和梦想，织着一个女人的欲念。她的呼唤留在午夜的梦中。

当拉铁的妻子坐在讲台上，成为伤残路工的典型妻子，接过红红的证书时，青春的心在掌声中滴血。

后来，拉铁真正倒下了，拉铁的妻子一滴泪水也没有流出来，只是众人依着她的嘱托，把拉铁埋葬在他们初遇的地方。

六十七

这个老人，一直住在这里，前面是马边河，儿时的伙伴，后面是炮台山，现在的兄长。有记忆开始就吃着一些五谷杂粮，说着一些乡间土话，在农谚里寻找吉祥，在劳作中收获安康，手指掐算着世事变迁。

这些年，是谁掀起一浪浪的打工热，儿女们都走出了对门的山岗，在很远的什么地方？他们揣着大把的钱，找不着可亲可敬的人，他们要让钱说话。

这个老人，取下在墙上不知挂了多久的马布，把月光吹得很远很远，把往事吹得很密很密，把火塘吹得喊出孤独。

彝谚说，斧头围着木头转，镰刀围着草草转，父母围着儿女转。他不再住这里了，该收拾的行囊已收拾。

这个老人，围着房前屋后转了又转，难道丢了什么东西还没有找着吗？

六十八

秋天来了，我沿着这条羊肠小道，像儿时抓一些石子，随意地扔在山沟里，或对着一块山包，喊一声儿时伙伴的名字，或闭着眼唱一支没名的山歌。

秋天来了，我还要沿着那条河走，不要你陪着，对，就我一个人，我想听清水鸟对卵石说了些什么，我想看清日夜在梦中流淌的清波，我想理清一条河流和一个人的内在关系。

秋天来了，一只孤雁从南方飞来，它的家在南方之南，飞在一碧如洗的空中，嘴里衔着红红的思念，让我想起离家出走的表妹以及天上的爱情。

走吧，阿巴拉哈，秋天的傍晚最适合谈心了，快去，到清清的小河边，月亮正泡在水中哩。快去，山寨的小路上，靓丽的女子正唱着情歌回家哩。快去，秋风中正飘着红色的童话哩。

六十九

蛇月的这个早晨，我们总是早早醒来，只因这天影响深远，远到天堂。

这个甜蜜的日子，从大小凉山到云南、贵州、广西以及更远的地方，甚至最小的村落，人们早早醒来，披着节日的盛装面向第一缕朝霞，歌唱五谷丰登的年华，歌唱六畜兴旺的故乡。

篝火燃起来啰，心儿跳起来啰，是在绒绒的草地上吗？是在湛蓝的白云中吗？你要去问山上的牧人。

歌儿唱起来啰，脸儿红起来啰，是山妹子的百褶裙映红了山寨吗？是芳香的恋曲迷醉了月光吗？你要去问为她夜夜失眠的阿哥。

美丽而凄凉的爱情呀，甜蜜的一生从哪里来，你要去问把土地当作母亲的彝族人。

来，把鸡头和羊膀给你，把爱恋和真情给你，我的朋友。

来，猪肝、猪舌和深情的祝福给你，我的长辈们。

来，猪腿让你背，围着屋子转吧，我的孩子们。

来，打着圣歌的节拍，美好的生活属于你，我的姑娘们。

喝吧，这是充满祈祷的酒哟。

喝吧，这是土地血脉的乳汁哟。

在光阴的故事里，我们只是一个似显非显的逗号。欢愉是短暂的，寂寞是长久的。在远方，有多少孤苦伶仃的孩子与狼共舞，有多少苦命善良的老人憔悴在风中。

来，面朝山岗祈祷，让大家看不到失败。

七十

民工大潮浩浩荡荡，我是其中一员。

行囊三四十斤重，心情三四万斤重。

亲爱的故乡，分别不是脚和路的错，是生活和时间要分散我们。你会理解并原谅你的儿子吗？我的血液里注定是流浪和迁徙，注定在高楼缝隙中亲切地爱着漂泊的故土。我们注定是一群有父有母的孤儿。

梦还没有做完，天就亮了。我该出发了。

失眠的故乡，疲惫的故乡，打个盹，养养神吧。

七十一

那么，折叠起来，把故乡折叠起来，把云折叠成披毡，把风折叠成格言，把爱折叠成彩裙，把山折叠成力量。

那么，折叠起来，把故乡折叠起来，把泥

土折叠成记忆，把清泉折叠成美酒，把鸟鸣折叠成歌声，把黑夜折叠成故事。

可是，阿巴拉哈啊，阿妈忧虑的叮咛怎样折叠？阿妹双眸溢出的清泪怎样折叠？骏马眼中的伤痛怎样折叠？孩子失落的魂魄怎样折叠？

七十二

不管再远，心能到达。不管再空，情能填满。不管过去多少岁月，岁月中遇到多大风险，总有一个欢乐的魂支撑着我的命运。

古老的神灵啊，甜蜜的情歌，我们已经告别了石磨吟唱下的沉重岁月。青青的甜荞花啊，滴血的诺言，一切悲剧都留在传说里。幽默而辛酸的兄弟姐妹们哪，开口叫吧，只要血管里还淌着一滴彝族人的血。

神奇的家园哪，你若要火，我就燃烧；你若要水，我就融化。

古老的母族啊，请用我的热血洗涤你内心的尘埃，请用我的头颅筑垒你心中的尊严。

艺海碎语（代后记）

一

叶甫图申科说，诗人是祖国的眼睛。

克鲁泡特金说，读诗吧，诗可以使人变好。

阿洛夫基说，写诗吧，诗使人温暖而牢靠。

二

艺术是高雅的，搞艺术的人是高贵的。

在20世纪80年代的岁月里，那干净的血液和七彩的梦想令人心潮澎湃，一首好诗，能使人们的灵魂出窍。

星光不问赶路人，那些年，我们这群人，纯真的脸庞闪着粉色的梦幻；这些年，我们这群人，护守着内心的光洁和伟大的孤独。

三

难以忘怀18岁那年读巴金的《家》的情景，难以忘怀22岁读路遥的《平凡的世界》的情景，那是一种难以言表的感受。

当读到一本好书，慢慢静下来，这世界好像少了什么？这世界好像多了什么？在忽明忽暗的油灯下，在黄绉绉的日记本上我写道，一个人不一定能使自己伟大，但可以使自己崇高。

四

三十多年了，无论历经多少磨难，写着诗，日子就踏实安稳。

注定或宿命，写诗是一个人寂寞的、痴迷的"长征"。感谢这一路上在我诗中失眠的朋友。

只是到头来变得更加谨小慎微，小心轻放着每个词。

五

诗是可以吃的，吃诗歌，就像啃腊肉骨头——肉太多，闷人；净骨头，没搞头。

用泪水和心血浸泡和蘸写的诗最香。

六

一个曾经被文艺界津津乐道的命题——"越是民族的，越是世界的"，我觉得这个命题需要更新，是世界的，一定是民族的，是民族的，不一定是世界的。越是民族的、地方的文化，越须把握其发展变化，才能真正保持面向世界的生命力。

七

近年来，由于消费主义、拜金主义、权利主义把美好的文学挤压在一边，人们习惯用政治和经济的眼光来打量文学，忽视了文学是一个民族、一个社会的公共资源，它所滋养和抚育的是整个社会。一个民族没有了文学，就意味着她的精神已经死亡。

文学的本质意义在于给人以心灵的愉悦和智慧的启迪，应具有原创性、时代性和艺术性。在文学世界里，如果到处是跟风、应景、马屁，以及低劣的说教、肉麻的吹捧、廉价的赞美，到处是刷短视频的"低头族"，长此以往，一个民族的精神高度将矮于一部手机。

八

只有有问题的作家，没有有问题的读者。文学或者其他艺术门类出现尴尬局面，问题和毛病还是在我们写作者身上，是因为我们没有提供给读者对美的愉悦，对善的舒心，对真的赞叹，没有提供起码的精神需要和欲望的满足。

好作品的基本标准只有一个，表现上通俗易懂，情感上引起共鸣，内容上蕴含丰富。

九

我是追随和倡导当下写作主义者。无论是什么艺术形式，理应紧紧抓住这难得的历史机遇，以生活为根基，以人生为命题，以自我心灵为参照，始终不变地追随对社会性的问题终极追问，和以人性关怀为主题，记录和讴歌激情燃烧的岁月，以不同的形式展现独特的、新颖的，有见地的、有献身精神和使命感的作品。

十

还谈不上写作经验，一点体会是要遵循"生活是源，传统是根，民族是魂，创新是本"的方法，在真实的基础上加大想象——人类最光辉的思想来自想象力。

艺术不变的追求是求变，求新，求走心，求认同，求向上。

十一

在阅读上，尽量广泛学习其他艺术门类，静心琢磨，博采四方观点。一个人一生中最重要的朋友只有两个，一个是自己，一个是书。

人生迷路，是因为脚下的路太多。

少看心灵鸡汤，信息过多，头脑昏昏。精读一部好书比浏览百部书更重要。

十二

一个优雅的民族，总是体现出从容而镇静、自在而坚定的群体特色。一个充满希望的民族，内心深处总是流淌深邃的思考和创造的激情。在艺术创作上，特色归特色，少数民族诗人需要超越民族观的局限，打破固有的思维模式，达到人的共性。超越地域观，要有当下社会属性。超越自我观，走出小我，达到大家。写作的价值在于体现人性、科学、多元、包容的社会价值，不能以权利主义、宗祠教条、家族伦理为核心。

十三

文化不是一张牌，供人打来打去。它的本质是讴歌真善美，痛斥假丑恶，使灵魂获得无比的自由。

虚的口号常挂在嘴边的或许是政治家，但绝对不是艺术家。艺术家是温暖的。

十四

　　这片诗性的土地和诗化的人们构成诗歌的先天土壤，我们这些诗人有了与生俱来的先天"智库"。秋雁南飞，妹妹出嫁是诗歌；麦穗低头，牛羊归来是诗歌；清风洗肺，歌谣涤荡是诗歌。在这广袤的大地上，在生死合一的生命哲学里，诗歌无处不在。可以断定，全民歌舞的民族是幸福的民族，懂得艺术的民族和被艺术化的民族是伟大的民族。

十五

　　据有关专家称，从民族文化学上来讲，一个民族的原创原生文化不超过百分之十二。世界上所有文化都是相互渗透、相互依存的。文化就像春天里各种各样的花，没有不好，只有不同。也只有不同，才能大同。不同文化交织在一起，生活变得五彩缤纷。文化全球化将导致文明的衰败和消失。

十六

　　一个地方的好坏，不在于物质的繁荣与否，而在于这个地方的群体意识是否有向上的精神。

　　彝族文化精神实质是向往光明，追求自由，

热爱生活，崇尚英雄，亲近自然，具有普遍的人类审美价值。我和我这样的人，心灵的力量和快乐的秘密都藏在传统文化的传承和发展中。特殊的文化背景使我不得不大声喊出来。

十七

雄鹰飞得再高，影子总落在地上。一个人走南闯北多少年，到最后还是那个小村庄接纳他的梦和悲伤。

小凉山，人神共居的地方。母亲告诉我，不能爱就不要爱了；父亲对我说，遇上事时，喝杯酒吧。我在这里找到了表述的方式和词语的故乡，找到了血液流淌的源头，灵魂归去的方向。海德格尔说："诗人的天职是还乡，还乡使故土成为亲近本源之处。"我赞同。

大地上有多少块石头，就有多少颗感恩的心。这是生活对我们的恩泽。

十八

在艺术的世界里，孤独亦艳丽，寂寞也芬芳。

在生活的圈子里，能受天磨是铁汉，不遭人嫉是庸才。

诗人就是工匠，一个高级工匠。思维活跃

一点，眼光敏锐一点，手脚勤快一点，排斥说教和装腔作势。

诗人，追求不强求，有多大的阻力走多远的路吧。

十九

特别喜欢彝族传统民歌中的哭嫁歌，《古嫫阿芝》《妈妈的女儿》《阿博阿恭》等，这古老的谣曲啊，听着听着，女人们背过脸把泪擦干，笑起来，再唱；男人们高高举起酒碗一饮而尽，而后默默地仰望山顶。那唱词特色鲜明，泥土味十足，那乐曲空灵悠远，沁人心脾。

内心深处缺憾、歉疚和创伤的人啊，把心放在这音乐中洗涤，你就会感觉到所有的思绪，都因了这空灵的歌谣，变得简单而无尘，洁净而清晰。一切纷扰都变得那样渺小，那样微不足道。

二十

彝族谚语说，不看骏马奔驰的姿态，只看骏马转弯的速度。艺术没有起点，只有转折点。

马尔克斯说，在文学创作的征途上，作家永远是孤军奋战的。

在时间面前，任何小聪明都不值一提。作

家需要才情，需要毅力，需要勤奋，更需要道义和担当，用自己的骨头燃成火把，照亮深邃历史和广博人生。

二十一

一个地方在传承和发展优秀文化上，要本土文化的现代化和外来文化的本土化。以故作高深、云遮雾罩的方式强加给别人是不道德的，也是不会被接受的。

二十二

喜欢李白的豪放飘逸、杜甫的悲慨沉重、李商隐的朦胧绚丽、李清照的凄清淑寂、郭沫若的自由奔放、艾青的深邃凝重、戴望舒的细腻忧伤、徐志摩的热烈绮丽，还喜欢普希金的纯情明朗、惠特曼的雄奇神秘、泰戈尔的灵巧睿智。因为他们一直都在影响着我。

面对世界，我们如何选择？世界在哪里？就在我们的村庄里，就在你和我的故事里。

二十三

精品源自人品。文学最根本的较量，是作家人格的较量。在大爱大痛中，有人说你像疯子的时候，那你离成功就不远了。

冷风总是从"后门"吹进来的。面对形形色色的人群，可怕的不是坏人，而是假好人。

人生趣味尚存几许？诗人啊，无论历经多少磨难，你的心一定健康和干净。你若简单，世界是花园；你若复杂，世界是迷宫。繁华三千，看淡是烟雨。

二十四

写诗需要一种文化的重量，在更低处寻找人文精神和人性的光芒。彝族是一个诗的民族，在苦难中净化和提升自我的民族，诗歌抚慰、滋养、照耀了我的民族。我从18岁开始写诗，并坚持走到现在，一定与沉郁、内敛、粗犷、怕羞不怕死的民族性格有关，与含蓄、热情、凄楚、动人的彝族传统诗歌有关，与感情奔放、言辞精巧、形式典雅、韵律和谐的纯美歌谣有关，与自我身上既有着激越与孤傲的风骨又有着沉郁与悲悯的情怀有关。

二十五

思想的高下，胸襟的宽窄，决定诗歌的温度。希望自己在这神奇的土地上，清醒地观察，客观地记录，冷静地思考，深刻地写作，把哲学、神学、美学结合在一起，不断追问自己，否定自己，把自己写成一首诗的模样。诗歌的机会和使命就在这里，诗歌的奥妙与密码在这里，对诗人的考验与挑战也在这里。

二十六

故乡的痛和伤，都是生命的药和根。故乡就是一首长诗，这里的每个人都是亮丽的诗行。希望自己多与毕摩一道先念一遍《开路经》，再念一遍《招魂经》，与姐妹们一起先唱一段《哭嫁曲》，再唱一段《不归的大雁》，让故乡的血和乳汁一点一滴地滴在诗行上。

二十七

责任在肩，道义在胸。

写诗和生活都要说真话，如果一个诗人都不说真话了，那这个国家怎么办？也只有说"普通话"和"良心话"，不断拓宽眼界和视野，不断创新和超越自己，诗人才能走出小圈子，拥有真正的话语权和广大民心。

诗人是最孤独的，也是最悲壮的。

二十八

在乱象和混乱局面中，以各种花里胡哨的方式显摆或四处讨好，都是自己糊弄自己。日本谚语说，给自己唱赞歌的人，听众只有一个。诗人不屑于名头，在乎名头的，从来都成不了好诗人。

任何成就都是诚实劳动的结果，投机取巧的事，一清算，都会露馅。

二十九

毋庸置疑，用作品说话，是对艺术的最大尊重。一切艺术的终极评委只有两个，一个是大众，一个是时间。

三十

诗是写给诗人或有诗人潜质的人看的。诗人应相亲，不应相轻。相轻的人，往往都轻。这世界只有三种人，真人、假人和半真半假的人。一个写诗的人一定有很多缺点和毛病，但他们不是坏人。他们的生命有多重，只有诗行知道。

喂！不要对诗人太苛刻。

三十一

咖啡的苦与甜，不在于怎么搅拌，而在于是否放了糖。文艺作品的好坏更多的不在于你怎么写，而在于是否情真意切。

没有读者相信，胡言乱语表示才华横溢，尖酸刻薄表示智慧超群，嬉皮笑脸表示乐观自信，造谣生事表示见多识广。相信这世界的美好，小人也不喜欢小人。

艺术最怕掺假兑水的情。

三十二

这是一个诗情太多诗意太少的社会。忙是这个时代的特色，也是这个时代的病。

有了伤痕，心才会成熟。

诗人哪，把目光越过个人的浅吟和闲愁，把热忱和热血洒下苍茫大地，懂得美在蒙尘，美在破碎，以及眼泪在飞。这是一种生命的隐患，一种良知。

三十三

我在2006年乐山市作家协会年度会上说，一流作家具备五种素质：一是深度的情感体验；二是勤奋的创作训练；三是诚实的劳动态度；

四是丰厚的美学修养；五是强烈的超越意识。岁月更迭，华章日新，我依然这样认为。

三十四

艺术就是动情之处更动情，揪心之处更揪心。打动人就是最大的成功。诗作力求深厚的动情力、敏锐的观察力、丰富的想象力和生动的表达力，走出狭隘、浮华、虚饰和悲观的表达，呈现诗歌细节丰满、语言素净、气象辽阔的格局。

三十五

爱是根，情是魂，民众的眼泪和笑颜就是诗行。诗行里有自己的影子。有人说，好作品让人沉默，让人疯狂。我信。

一个诗人，写诗难，不写诗更难。而今我不再是"提笔四顾天地窄，长啸一声山月高"的豪迈青年，已进入"几点梅花归笛孔，一湾流水入琴心"的中年心境。无法顺其自然的中年，提得起、放不下的中年，内心的五味杂陈酸酸甜甜，但告诉自己，不会改变的是野性而质朴、激情而自由、悠扬而绵长的风格追求。

三十六

文化的影响是人类最深远的影响，文化的进步是人类最本质的进步。文化，没有根就漂浮、枯萎。寻根，促进文化更自信。文化，需要学习其他各民族优秀文化。吸纳，促进文化更强大。文化，意义在于通过展示促进共享。同时要须知，文化的认同感、参与性不是一蹴而就、立竿见影的，需要在好的文创下，循序渐进，日积月累。

三十七

文化不仅仅是传播品，更应该变成内心强大的力量，变成生活的品位和集体人格。就彝族音乐而言，应创造出更加浑厚、悠扬、大气，有大山的胸襟的作品，寻求沉稳的王者风范。藏族、蒙古族的阳刚、豪放、自由，这是我们欠缺的。我到过西藏、内蒙古大草原，在那种粗犷、辽阔的大自然面前，我们人人都臣服。演员们在舞台上，像是受到了天神的指引，笑容和步态变得自在和坦然。这一切值得我们学习和反思。

三十八

我偏爱爱尔兰诗人和剧作家叶芝，他是民族的灵魂、时代的歌手。爱尔兰那片土地养育了他，给了他诗歌的灵感，给了他生命的昭示，给了他随时间而至的智慧和爱。痛，使诗人清醒，使思想升华。他的作品带有唯美主义倾向和浪漫主义色彩，有着强烈的人文关怀。他以高度的艺术形式表达了整个民族的精神。诗的语言是那么的朴实，又那么的温暖。

三十九

从记事开始，父母就用充满神秘和感召力的彝语向我讲述故事、歌谣、谚语、童话、家谱以及神祇世界。在这片多情的土地上，勤劳的人们收了土豆就种荞麦，背了一背出山就挑一篓回家，把日月星辰煮进了火塘里。

这样一年又一年，一辈又一辈，日夜奔忙。面对内屋里的经文，晚秋中的牛羊，山梁上的落雪，暮色中的河流，面对这方山水的千秋史万古魂，我说不清自己的内心是断肠还是心醉。

多少年里，在阿妹温暖的目光里，一醉不醒。

四十

　　彝族是自然崇拜、祖先崇拜和多神崇拜的民族。自然崇拜中对火、鹰、虎崇拜更为突出。色彩是彝族人民对自然崇拜的自然升华，学者们认为以红、黄、黑三种色彩为主，简称为"三色文化"。红色是指火，代表光明、温暖、热情和生机；黄色是指阳光，代表健康、富贵、吉祥和浪漫；黑色是指土地，代表神秘、庄重、高贵和威严之意。祖先崇拜其实就是英雄崇拜和对人类劳动者的尊重。

四十一

　　作家是社会的良知，是生活的温度计，是祖国的眼睛。文学是美学，文学是人学，是时代的履痕，人性的折射，心灵的呢喃。文学更是一个民族的气质与血脉。当下，文学仍需以痛苦和孤独做代价，仍需热切关注社会主题意识和人格精神。

四十二

　　一个人在歌唱或许是孤单的，一百个人在歌唱就是文化，一千人在歌唱就是与神灵同在。

四十三

艺术家的内心有多柔软，艺术细节就有多
丰富。

艺术家的内心有多悲悯，作品就有多温暖。

草率的人，只能随波逐流。

四十四

我的笔记本上写着"艺术的纷争，孕育着
新生；艺术的一统，营造着墓地"的论断。忘
了是谁说的，绝对不是我说的。

四十五

生活守法是本分，艺术犯法是天分。

四十六

亲爱的托尔斯泰，让我喊你一声阿普吧，
你那"感染程度是衡量艺术价值的唯一标准"
的论断影响了我的整个创作。

四十七

地方文艺群体往往是这样，作者不少，名

家不见；作品不少，精品不见；平台不少，特点不见；评论不少，批评不见；活动不少，主题不见。

四十八

有人说，公路修到哪里，原始的牧歌就消失在哪里。山外的风吹进来，再不见安心种地的人。

每一名游客都是入侵者。而今，在我的家乡，文化往往就是这样，说得出来，写得出来，看不出来，看得出来的似乎也是假象。

四十九

一个作家的开放意识、先锋意识、进取意识和责任意识以及艺术视野、审美情趣、美学追求决定作品的品位和高低。那些伟大的作品无不体现社会良知、心理抚慰、精神励志、人性关爱、感情依托和民族气节，表现深邃的人类意识、炽热的家国情愫和丰富的文化内涵。

五十

诗歌的魅力在于草根性和直指人心的穿透力，是细小的、微弱的心灵回音。

诗人，就是在大地上倾听神的耳语，然后把自己的心吐出来。

告别浮躁、表浅，告别消费至上、娱乐至死吧，在艺术世界里，将就和勉强都是罪过。

五十一

没有为祖国掉过眼泪的人，不值得拥有青春。

我想真正的诗人肯定为祖国和故乡哭泣过，并写出青春的赞歌。

五十二

诗歌，一行行，是天梯。

远方有多远，远方在眼前。

诗人，让过去的过去，让开始的开始，清空自己，微笑前行。